GALI OCEAN &
DOTTI REEVES

ÉRDEM SZERINT

BIZARR HORROR LONDONBAN

novum pro

Ez a **könyv**
e-könyvként
is elérhető

w w w . n o v u m p u b l i s h i n g . h u

TARTALOMJEGYZÉK

„A legnagyobb vétség az, ha semmit sem teszel, mert azt gondolod, hogy túl kevés, amit megtehetsz."

Zig Ziglar

A DOKI

„**ÚJABB NAP A GYÓGYÍTÁSRA!**" – gondolta Will, miközben energikusan kiugrott az ágyból. Imádta a munkáját. El sem tudott volna képzelni magának más szakmát.

Boldog volt, amiért segíthetett az állatokon, viszszaadhatta az egészségüket, meghosszabbíthatta életüket, és az is örömmel töltötte el, amikor látta a gondoskodó gazdik szemében a hálát.

Minden reggel ugyanúgy indult: félóra futás kutyájával; kiadós reggeli az elmaradhatatlan fahéjas kávéval, és irány a rendelő. Kutyája, Caesar, ezüstszürke dán dog volt, mellkasán Afrika alakú fehér folttal. Az állat izgatottan ugrott fel a terepjáró zárt rakterébe, ahol egy stabilan rögzített kennelben utazhatott a legnagyobb kényelemben.

Will addig nem indította el a kocsit, amíg fel nem tekerte a hangerőt kedvenc rádióállomásán. Szerencsére kutyájának is bejött a rockzene: vigyorogva bólogatott hátul.

Will a külváros felé vette az irányt, Bedford Parkba, ahol a rendelője volt. Az Ealing végét jelző táblánál rákanyarodott egy kavicsos bekötőútra, majd kisvártatva meg is érkeztek. Fütyörészve szállt ki kocsijából. Caesar boldogan ugrott ki a raktérből, és rögtön a bejárati ajtóhoz ügetett.

Az állatorvos fel volt rá készülve, hogy nem várt páciensek miatt bármikor elhúzódhat a rendelés. A földszintes, csinos kis kertes házat átalakíttatta, így négylábú társának megfelelő beltérrel és kifutóval ellátott helyet tudott biztosítani, amíg ő dolgozott. A rendelő udvarán parkoló is volt, valamint egy nagyobb, füves terület a várakozó négylábúaknak.

Will soha nem késett. Megtehette volna, hogy munka előtt még elintéz egy-két fontos dolgot, hiszen a saját rendelője lévén a maga ura volt, ám a lelkiismerete ezt nem engedte. Arra sem vitte volna rá a lélek, hogy a rendelési idő lejárta pillanatában bezárja a boltot. Számára a betegek voltak az elsők.

Miután gazdája kinyitotta a bejárati ajtót, Caesar lelkesen berontott. Körmei ütemesen csattogtak a csempén. A kutya hatékony segítséget nyújtott a gyógyításban. Sok esetben meg tudta nyugtatni a riadt és beteg négylábú pácienseket.

Will elhaladt a balra eső keskeny pult előtt, amelyen prospektusok és különböző ismeretterjesztő füzetecskék sorakoztak. Első dolga volt friss vizet önteni a betegeinek kihelyezett tálkákba. Figyelmességét jelezte továbbá, hogy a pulton lévő üvegtálkában egyesével becsomagolt kézműves bonbonok és csokoládék kínálták magukat az aggódó gazdiknak, akik kávéval is kiszolgálhatták magukat. A váróból több ajtó nyílt. Bal kéz felől egy kisebb kezelőhelyiség kapott helyet. Általában ide kerültek azok az állatok, akik infúziót kaptak, vagy akiken az asszisztensnő kozmetikázást végzett. Szemből az egyik ajtó a mosdót zárta, a másikon egy kicsiny boltba lehetett belépni, ahol pórázok, játékok, kefék és egyéb apróságok kínálták magukat, valamint itt volt a gyógyszerkészlet jelentősebb része is.

Will belépett a mosdóba. Kockás ingére öltötte fehér köpenyét, lazán beletúrt a hajába, majd átment a vizsgálóba. Megkerülte a középen terpeszkedő rozsdamentes asztalt, és leült az ablak előtt elhelyezett íróasztalhoz, amelyen egy számítógép és egy nyomtató kapott helyet. Mögötte, a falra szerelt méretes üveges szekrényben különböző gyógyszerek, fecskendők, kötszerek sorakoztak.

Ebből a vizsgálóból nyílt további négy ajtó: egy a röntgen helyiségbe, egy a műtőbe, egy az irodába, és végül egy a raktárba, amelyből egy csapóajtón keresztül Caesar bármikor kimehetett a hátsó udvarra. A raktárban volt egy további ajtó, amelyet üres kartondobozok barikádoztak el. A házhoz utólag építettek hozzá egy kisebb részt, amely a teakonyha szerepét töltötte be. Ezt az irodából és az udvarról is meg lehetett közelíteni.

A tágas raktárnak nem hagyományos ajtaja volt. Derékig érő, fából készült ráccsal lehetett zárni a helyiséget. Így Caesar nem érezte elszigetelve magát, szabad rálátása volt az eseményekre, mégsem zavarta beteg és riadt négylábú társait.

Will mosolyogva figyelte, ahogy kutyája a raktárban elhelyezett fekhelye felé cammog.

– Jó kutya vagy.

Caesar a dicséret hallatán megfordult, elvigyorodott, majd ment tovább. Gazdája adott neki száraz tápot és friss vizet, megkereste kedvenc játékát, egy plüss mókust, végül ráhajtotta a rácsot.

Will hallotta, hogy nyílik a bejárati ajtó.

– És ismét előttem érkezett a mindig fess doktor úr! – üdvözölte vidáman asszisztensnője, Helga. Kibújt farmerdzsekijéből, majd felakasztotta az irodában álló fogasra.

Helga igazi szépség volt. Hosszú, mézszőke haja csodás keretet adott kreol bőrének. Különleges, zöld szemei könnyedén rabul ejtettek bárkit, dús ajkai pedig mágnesként vonzották a tekintetet. Ráadásul valami hihetetlenül fiatalos és lendületes energia áradt belőle, bár huszonnyolc éves létére egy kissé még cserfes volt.

Will halványan elmosolyodott. Jóképű volt ugyan, enyhe szemtengelyferdülése azonban világéletében zavarta. Hiába áradozott arról az összes addigi barátnője, hogy milyen különleges zöld szemei vannak. Szégyenlőssége legyőzésében még profin kidolgozott, izmos testalkata sem tudott segíteni. Pedig micsoda erőt sugárzott! Aki ránézett, könnyedén el tudta képzelni, hogy egy beteg lovat akár a hátán is el bírna vinni az istállótól a rendelőig. Még akkor is, ha az istálló történetesen egy másik megyében van.

Helga hatékony segítséget jelentett, hiszen ő is meglepően erős volt. Az ötvenkilós medveölő kutyákat is úgy rakta fel a vizsgálóasztalra, mintha pehelysúlyú kiscicák lettek volna. Ám ami a leginkább számított munkája sikerességében, az a mérhetetlen állatszeretete volt. Ezt pedig megérezték a beteg páciensek, akik nyugodtan viselkedtek még a legkellemetlenebb vizsgálatok alatt is.

Will másik asszisztense, Joe, magának való fickó volt. Szerény és visszahúzódó természettel bírt, és csak ritkán szólalt meg. Helgával viszont kivételesen sokat beszélgetett és nevetgélt.

Will jó érzékkel rendezte be rendelőjét. A váróban a falakra függesztett mókás, állatos képek kisimították az aggódó gazdik idegeit, ami sokat jelentett, mert az állatok képesek átvenni az emberek hangulatát. Idegesek, ha a gazdi is az. A rendelőből ugyanakkor a felkészültség, a profizmus és a hozzáértés sugárzott. Minden a helyén volt, makulátlanul tisztán. Aki ide belépett, az megnyugodott, mert tudta, hogy kedvence jó kezekbe került. Az aznapi első beteg gazdijára azonban valahogy nem hatott a pozitív környezet.

Egy nő nyitott be az előtér ajtaján feldúltan és kétségbeesve, kezében cicahordozó kosárral. Will ránézett, és zavarában még köszönni is elfelejtett. Csak bámulta a karcsú, rendkívül formás, riadt tekintetű nőt, és úgy érezte, egy szempillantás elég lenne beleszeretnie igézően kék szemeibe. A nő kreolos bőre makulátlan volt, szépen ívelt szemöldöke pedig természetességet sugárzott. Érzéki, húsos ajkait csak még jobban kiemelte fitos orra, amin boldog egyetértésben terült szét néhány aranyos szeplőcske. Egyszóval, tökéletes volt.

Will felállt az íróasztaltól, közelebb lépett hozzá, és készséggel elvette tőle a hordozót.

Ekkor csapta meg a nő hosszú, fekete, göndör hajából áradó narancsos sampon illata. Kész. Elveszett.

– Nyugodjon meg, hölgyem! Máris megnézzük a cicust.

Ezzel átadta a hordozót Joe-nak, közben kikérdezte a nőt az állatnál tapasztalt tünetekről.

– Istenem! Ma reggel is szörnyű dolgokat produkált Tornádó.

– Tessék? – kapta fel a fejét az orvos, aki éppen áttörölte a rozsdamentes vizsgálóasztalt, holott az már makulátlanul tiszta volt.

– Tornádó. A cicám – magyarázta a nő tágra nyílt szemekkel.

Will zavartan elmosolyodott, majd megkérdezte:

– Honnan jött a névválasztás?

A nő felsóhajtott.

– Egyszerűen nem adhattam neki más nevet. Folyton száguldozik meg ugrál a lakásban, miközben mindent lever.

Will az asszisztensnőjéhez fordult.

12

– Helga, kérlek vezesd fel az állat adatait a gépbe, és nyissunk egy kiskönyvet az új páciensünknek.

Ismét a nőre pillantott.

– Tehát, mik a panaszok?

– Számomra aggasztó, hogy napok óta alig eszik, de egyébként igen nagy étvágyú. Ma reggel pedig visszaöklendezte kevéske reggelijét, aztán bánatosan nyávogott.

Joe eközben megmérte a jószág súlyát, és elvégezte a testhő ellenőrzését is.

– Mi baja van, doktor úr?

– Nekem? Semmi – nézett az orvos a nőre ártatlanul, aki végre elnevette magát.

– Nem úgy értem. Tornádónak mi baja van?

Will úgy érezte magát, mint kamaszkorában. Annyira zavarban volt, hogy még a szokásos vizsgálati protokollt is majdnem elfelejtette.

Összeszedte magát, és igyekezett teljes figyelmével a levert állatra koncentrálni.

– Tehát azt mondja, napok óta nincs étvágya?

– Igen. És ez azért aggasztó, mert amúgy egy kis bélpoklos a lelkem – sóhajtott egy nagyot a nő.

Will belenézett a macska szájába, hasi betapintást végzett, sztetoszkóppal meghallgatta a bélhangokat, és egy vérvizsgálatot is javasolt, aminek az eredményét ott helyben ellenőrizte. Mindezek alapján úgy döntött, széles spektrumú antibiotikumot használ, és infúziót is ad az állatnak, hogy megelőzze a kiszáradást.

Tornádó meglepően jól viselte az injekciókat, ám a hőmérőzés méltóságon aluli mivoltát nemigen tudta elfelejteni és megbocsátani. A tortúra végeztével durcásan visszatért kosarába, méghozzá önszántából, ahová egyébként mindig csak nagy küzdelmek és többszöri próbálkozás árán lehetett bekényszeríteni.

Will átnyújtotta a nőnek a macska gyógyszereit, továbbá ellátta néhány jó tanáccsal. Az anyagiak és az adminisztráció rendezése után meglepve látta, hogy Helga öleléssel búcsúzik el a gyönyörű nőtől. Miután kettesben maradtak, rá is kérdezett a dologra.

– Ezek szerint ismeritek egymást?

– Igen. Julie vezeti az edzőtermet, ahová spinningre járok.

– És, ő is... ömm – Will zavartan kereste a megfelelő szót.

– Nem, ő nem leszbikus – vágta rá Helga kuncogva. – Szóval nyugodtan elhívhatod randira.

– Á, nem azért kérdeztem. – A férfi elpirult, és próbálta terelni a szót. – Szóval edzőtermet vezet. Melyiket?

– Vasakarat a neve. Ealing központjában van, ha esetleg szeretnél beiratkozni.

Helga élvezte, hogy a doki ennyire zavarban van. Mondjuk meg tudta érteni, hogy rögtön odavolt Julie-ért. Igazi bombázó volt. Milyen kár, hogy neki semmi esélye nála.

VASAKARAT

JULIE AZ ÁLLATORVOSI RENDELŐBŐL egyenesen hazahajtott. Az előszobában kinyitotta a cicahordozó ajtaját. Tornádó uraság komótosan előmászott, nyávogott egyet, majd egyenesen a szárazeledeles tálkájához sétált, és dorombolva ropogtatni kezdett. Julie megkönnyebülten sóhajtott fel. Nincs itt semmi vész!

Elköszönt kedvencétől, majd elindult az edzőterme felé. A Vasakarat volt a szenvedélye, a szerelme, az élete. Hiába dolgozott napi tíz-tizenkét órát, mégsem fáradt el. A munkája inkább feltöltötte energiával.

A Vasakarat a High Streeten fogadta fogyni és izmosodni vágyó vendégeit. A konditerem egy posta és egy ékszerbolt között helyezkedett el, és legalább tíz éve edzőteremként funkcionált. Julie-nak az is megtetszett benne, hogy az épület frekventált helyen volt, ugyanakkor belső kialakítása is a legmegfelelőbben szolgálta célját. A recepció tágas volt és világos, a központi helyiséget faltól falig tükrök borították, a különböző termekben pedig jól képzett edzők tartottak spinning, jóga, pilates, zumba, és különböző fajtájú aerobik órákat. Olyan különleges foglalkozásokra is lehetett jelentkezni, mint például a kickbox aerobik, vagy a sztriptíz aerobik.

Julie három éve döntött úgy, hogy bérbe veszi a helyet. Keményen megdolgozott azért, hogy saját maga igazgasson egy edzőtermet. A mai napig tisztán emlékszik arra a napra, amikor aláírta a papírokat. Jelentős esemény volt az életében.

A recepción Edith széles mosollyal fogadta.

– Na, hogy van őurasága?

– Ahh, tuti megmarad. Első dolga volt telefalni magát.

– Akkor tényleg cicabaja – nevetett Edith, majd elővette kézitükrét, hogy megigazítsa rúzsát.

Mielőtt reggelente kinyitottak, mindig ellenőrizte a sminkjét. Mandulavágású, barna szemeit szerette színes szemceruzával hangsúlyozni. Harmincnégy éves volt ugyan, de ezzel a trükkel sokkal fiatalabbnak látszott. Persze ragyogó kisugárzása is előnyére vált.

Edith a bejárat felé indult, miközben szoros lófarokba fogta hosszú, szőke haját. Vele egykorú főnöke, aki egyben a barátnője is volt, vállára vetette sporttáskáját, amelyben az edzőruhája volt, és belépett a pult mögött megbújó ajtón. Gondosan be is húzta maga után. Edith egyszer rákérdezett, mi van odabent, mire Julie csak annyit mondott, hogy a privát öltözője.

Pár perc múlva Julie kilépett, kulcsra zárta az ajtót, és fekete-korallszínű edzőruhájában feszítve csípőre tette a kezét.

– Na, mit szólsz az új szerkómhoz?

– Egek, mennyit kell még edzenem, hogy így nézzek ki én is? – kérdezte Edith egy csipet irigységgel a hangjában.

Julie elnevette magát.

– Édes vagy, de nézz már magadra! Azért te sem panaszkodhatsz.

Julie nem bírta megállni, hogy ne számoljon be részletesen a reggel történtekről.

– Akarod tudni, mennyire cuki az állatorvos?

Edithnek rögtön felcsillant a szeme.

– Na, mesélj! Hogy néz ki?

– Piszkosszőke, kócos haja van, és észbontóan zöld szemei. A csípője keskeny, a vállai viszont olyan szélesek, hogy másra sem tudtam gondolni, mint hogy milyen szívesen odabújnék a mellkasához.

Edith elvigyorodott.

– Te máris belezúgtál! És mi van a pasiddal?

– Mark nem a pasim! – csattant fel Julie. – Csak kielégíti bizonyos igényeimet. Ennyi.

– Szóval az élő játékszered – kuncogott Edith.

– Így is mondhatjuk. A doki viszont teljesen más – folytatta Julie ábrándos tekintettel. – Olyan figyelmes volt velem végig. És képzeld! Vizsgálat közben Tornádót simogattam, az orvos keze pedig véletlenül az ujjaimat érintette.

Barátnője rákacsintott.

– Aha, véletlenül...

A két nő sajnos nem folytathatta a csacsogást, mert befutott Julie aznapi első vendége. Negyvenes, kigyúrt fickó, egy menő hotelben főszakács, és bosszantóan arrogáns. Julie azóta nem kedvelte, amióta pofátlanul rányomult.

Mialatt a szakács átöltözött, hogy alávesse magát Julie másfél órás kínzásának, amelyet személyi edzés címen vett igénybe, addig Edith átnézte az aznapi terembeosztásokat, Julie pedig lélekben felkészült a beképzelt szakáccsal való közös edzésre.

A SZERKESZTŐSÉGBEN

AZ ÚJSÁGÍRÓNŐ FELNÉZETT az égre, ahol kövér, szűziesen fehér, habos bárányfelhők úszkáltak boldogan. A madarak vidáman csiviteltek. Langyos szellő fújdogált. Csodás májusi nap volt. Az ember ilyenkor még annak is képes örülni, ha úgy megy be a munkahelyére, hogy tudja, a főnökének beszéde van vele. Suzynak bevált taktikája volt arra, hogyan indítsa sikeresen a napját. Pacsirta típus lévén minden gond nélkül fel tudott kelni hajnal fél ötkor. Először húszperces meditációval kezdett, ami után húsz percet olvasott, majd következett húsz perc átmozgató jóga. Ez volt számára „a siker órája", amely pozitívan befolyásolta a rá váró napot.

Mielőtt Suzy belépett volna a szerkesztőség épületébe, beugrott a mellette lévő pékségbe, hogy megvegye szokásos tojásos-rukkolás szendvicsét. Ez volt a kedvence. Néha kettőt is megevett belőle, mellé pedig hosszúkávét ivott.

Ahogy benyitott a pékség ajtaján, a huzat meglebbentette vállig érő, vékony szálú, barna haját, és kissé szétzilálta a frufruját.

Suzy leült egy kis asztalkához, és kényelmesen elfogyasztotta reggelijét. Miután végzett, elővette kistükrét, és ellenőrizte, nem maradt-e morzsás a szája. Nem igazán volt kibékülve a szája formájával. Túl vékonynak találta. Szájfénnyel próbálta valamelyest hangsúlyozni. A szemét viszont szerette. Ugyanolyan szép zöld, mint amilyen a bátyjáé.

Suzy munkahelye korszerű és jól felszerelt volt, ami a dolgozók kényelmét és jó közérzetét szolgálta. Öröm volt itt alkotni. Jól ment a munka, a napilap és a havi magazin egyaránt sikeres volt. Ez pedig büszkeséggel töltötte el mind a főszerkesztőt, mind pedig a lelkes újságírócsapatot.

A magazin címe *Élvonalban*. Minden, amit ahhoz kell tudni, hogy az ember sikeres legyen az online világban. Különböző külsős szakértők is adtak le a főszerkesztőnek cikkeket havi rendszerességgel. Az újságban tájékozódni lehetett a legújabb technikai vívmányokról, applikációs trendekről, közösségi felületekről. Az olvasók megtudhatták, hogyan lehetnek sikeres tartalomgyártók, marketingesek, vállalkozók, influencerek. Suzy az Instagram felület szakértője volt. Két különböző profilt is vezetett, mindkettő közel százezres nagyságrendű követővel büszkélkedhetett. Ismerte a platform minden csínját-bínját, tudását pedig érthető formában, könnyed stílusban volt képes továbbadni a lap olvasóinak. Imádott játszani a szavakkal. Elképzelte, ahogy felfűzi őket egy láncra, akár a gyöngyszemeket, és addig csiszolgatja őket, amíg tökéletesen tündökölnek.

Előfordult, hogy anyaggyűjtés vagy újabb ismeretek megszerzése miatt Suzy akár két napig sem járt bent a munkahelyén. Aznap reggel is több nap kihagyás után ment be. Odalépett egyik kollégája asztalához, és miután üdvözölték egymást, megkérdezte:

– Bongyor bent van?

Kollégája meg sem lepődött a kérdésen. Tudta, hogy Suzy az idős, apró termetű főnökükre utal. A főszerkesztő nagy figyelmet fordított mind a haja, mind a bajusza ápolására, melyek így ügyesen elvonták a figyelmet enyhén kiálló nyuszifogáról. Az asztalánál ülő újságíró tehát szemrebbenés nélkül a főnök ajtaja felé intett fejével.

– A heti nagyvizit megvolt, most már odabent lesz egész nap.

A főszerkesztőnek szokása volt heti egyszer körbejárni, és elbeszélgetni az alkalmazottakkal. Cikkekről, munkáról, tervekről, családról. A fix csapat, amely ideje nagy részét a szerkesztőségben töltötte, mindössze hat tagból állt, így ez igazán belefért a főnök idejébe. Máskülönben szívből hitte, hogy odafigyelése is hozzájárul a lap sikeréhez. Ebben pedig igaza volt. Beosztottjai tisztelték őt, a legjobbat hozták ki magukból, noha nem bratyiztak vele.

Suzy megindult az iroda felé. Sejtette, miért hívatta a főnök. Megállt az ajtó előtt, és rápillantott a szemmagasságban lévő táblácskára.

PETER TRACY
FŐSZERKESZTŐ

19

A nő vett egy mély levegőt, lassan kifújta, és bekopogott.

– Bújjék be, kérem! – hangzott odabentről a megszokott invitálás.

Suzy óhatatlanul elmosolyodott, miközben benyitott.

– Fáradjék beljebb, kedves kisasszony! Parancsoljon helyet foglalni. Tudja-e, hogy mi okból kérettem ide?

– Van egy sejtésem.

– Bátorkodjék kibökni, kérem! – biztatta őt nyájasan a főszerkesztő.

Suzy már sokszor elgondolkodott azon, főnöke vajon miért ilyen stílusban beszél. Arra jutott, hogy éltes kora, olvasottsága, rendkívüli műveltsége és szakmai tudása csiszolta nyelvhasználatát kristálytisztává. Mindenesetre szórakoztatta ez a stílus.

Suzy leült főnökével szemben, és bátran rákérdezett:

– Talán túl érzelmesre sikerült az állatvédelemmel kapcsolatos cikkem?

– Módfelett pontos meglátás, kedves kisasszony!

Suzy sejtette, hogy talán nem túl jó ötlet elkanyarodni a szakterületétől. Bár, hozzá kell tenni, a legutóbbi anyag mégiscsak kapcsolódott az Instagramhoz. Különböző állatmenhelyek és állatmentő szervezetek felületeit mutatta be, akiknek szívügyük, hogy minél több irányból érjék el a lehetséges gazdikat. Az már más kérdés, mennyire szívszorító tartalmakat is megosztanak a remélt nagyobb hatás érdekében.

– Arra gondoltam, ha bemutatom ezeket a szervezeteket, sikerül több állatnak új otthont találni. Talán lesz valamiféle pozitív hatása a szavaimnak.

– Nos, azt magam is láttam, hogy célja volt megpendíteni kedves olvasóink szívének húrjait. Ámbátor ildomos volna tekintetbe venni, hogy a közönségben ez az iromány rossz érzéseket kelt, akik erre reagálván még inkább homokba dugják a fejüket. Kissé eltúlzottnak találom az érzelmek ilyetén megnyilvánulását a cikkében. Egy újság ettől sokkal tárgyilagosabb.

Suzy ezzel nem tudott vitába szállni.

– Javasolnám, hogy csiszolgassa, kedves, csiszolgassa! – bátorította fiatal beosztottját a főszerkesztő.

20

– Mennyi érzelmet hagyhatok benne?

– Csipetnyit. Inkább csak fűszerezzen vele. Ne az legyen az alapanyag.

– Máris átdolgozom a szöveget – szólalt meg Suzy, miközben felemelkedett székéből.

– Úgy legyen, kedves, úgy legyen! Két nap elteltével lapzártázunk. Holnap a déli harangszóig várom kegyedtől az irományt.

Suzy csalódottan ballagott vissza íróasztalához. Annyira szerette volna, ha egy kis változatossággal, meghökkentő tartalommal rá tudja ébreszteni az embereket, hogy az Instagramnak mekkora segítő ereje lehet.

Tolla végét rágcsálva ezeken a dolgokon elmélkedett, amikor azon kapta magát, hogy már vagy negyedórája bámulja a monitort. Az átdolgozandó anyag elején várakozásteljesen villogott a kurzor.

– Francba, kell egy kávé!

Nagy sebbel-lobbal felállt, és ahogy megfordult, beleütközött őszes hajú kollégájába. Pechére Carl kezében egy bögre forró kávé volt, amit sikeresen a nő blúzára löttyintett.

– Basszus! – lépett hátra Suzy fájdalmas fintorral az arcán. – Nesze neked „kérj, és megadatik"!

– Bocs, nem akartam! De olyan váratlanul pattantál fel, hogy már nem volt időm reagálni – szabadkozott Carl. – Különben is, hova rohantál ennyire?

– Kávéért.

Suzy kínjában elnevette magát, majd folytatta.

– Úgy tűnik, ez volt az Univerzum üzenete számomra, hogy menjek haza.

– Tényleg sajnálom.

– Ugyan, hagyd már! Megyek, szólok Bongyornak, hogy otthon folytatom a munkát.

– Várj csak! Mielőtt elmennél, segítesz nekem egy kicsit?

– Persze! Miről van szó?

– Olyan frappáns szlogeneket tudsz kitalálni. Gyere, mutatok egy képet.

Suzy tudta, hogy Carlnak már megint egy ötletére fáj a foga, mégis szívesen segített. Amikor ugyanis ő még csak zöldfülű újságíró volt, tapasztalt kollégájától rengeteget tanult, amiért őszinte hálát érzett. Az írópalánta azóta sokat fejlődött, és immár ő segítette ki a vén motorost egy-egy ötlettel.

– Min dolgozol? – pillantott a nő a monitorra.

Carl egy képre bökött, amelyen egy irodai lábtámasz volt látható.

– Ezt hogy adnád el?

– Hmm... – Suzy csendben gondolkodott egy-két pillanatig, majd kibökte: *„Ügyeljen rá, hogy mindig láb alatt legyen."* Á, nem, ez nem jó. De mit szólsz ehhez? *„Soha ne tegye el láb alól!"* Bár ez meg kissé talán morbid – mélázott karba font kézzel.

– Nem-nem. Szuper ötletet adtál! A másodikat felhasználom. Köszi! – ezzel a férfi a monitor felé fordult, és vadul gépelni kezdett.

– Szívesen! Akkor viszlát holnap!

Suzy végül már hálás volt, amiért így alakult a napja. Behuppant nyolcéves, piros Fordjába, elintézte a bevásárlást, beugrott egy antikváriumba, és mielőtt hazahajtott volna, sétált egyet a közelében lévő parkban, hogy kiszellőztesse a fejét.

Otthon sikerült finomítani a cikkén. Egész nap dolgozott. Elkezdte az anyaggyűjtést is a következő témához. Kora este pihenésképpen ellátta ékszerteknőseit, Spenótot és Brokkolit.

Miközben salátaleveleket tépkedett, elmesélte nekik a napját.

Végül kiment a konyhába, hogy vacsorát készítsen magának. Felsóhajtott. Igen, vacsora egy főre.

SÖRÖZÉS KÖZBEN

WILL ELFÁRADT UGYAN az egész napos hajtásban, mégsem érezte magát kimerültnek. Ezt nem csak annak tudhatta be, hogy odafigyelt az egészségére és jó kondiban volt, hanem annak is, hogy találkozott Élete Nőjével! Soha nem hitt a szerelem első látásra féle maszlagban, hiszen állatorvosként racionális embernek tartotta magát. Mégis, amikor megpillantotta a vörös kandúr gazdáját, mintha villám csapott volna belé. Éppen a vacsoráját készítette elő, amikor ezek a gondolatok cikáztak elméjében. Este már nem szeretett sokat enni. Elővett egy doboz humuszt a hűtőből, és főzött magának három tojást. Miközben felszeletelt két hatalmas paradicsomot, ránézett Caesarra, és megszólalt:

– Képzeld, ma összefutottam a leendő feleségemmel!

Caesar a gazdájának háttal állt, vizestálja fölé hajolva. Erre a komoly kijelentésre csak lelkes lefetyelés volt a válasz.

– Van egy hatalmas macskája!

A kutya felkapta a fejét, és érdeklődőn nézett gazdájára. Tudta, mit jelent az a szó, hogy „macska".

– Bizony! És ha összeházasodunk, akkor ismét lesz egy cicabarátod.

A kutya vakkantott egyet, mintha áldását adná a dologra, majd élénk farkcsóválás közepette lefetyelt tovább.

Gazdája elgondolkodva nézte őt. Mekkora kutya, és milyen hatalmas szíve van! Igazi állatbolond! Furcsamód különösen a macskákat kedveli. Egyszer még azt is megengedte, hogy az egyik cica, akit Will ideiglenesen otthon kezelt, az ő fekhelyén fialjon le. Mármint nem Will ágyában, hanem Caesar saját kuckójában.

Willnek eszébe jutott egy kedves kis epizód. Miután a macska világra hozta kölykeit, csak nehezen indult be nála a gondoskodás ösztöne. Többször előfordult, hogy amikor Caesar hallotta a kiscicák éhes nyivákolását, az orrával addig bökdöste az anyamacskát, amíg az oda nem ment a kölykeihez, hogy megszoptassa őket. Persze az is előfordult, hogy a kicsinyeket a kutyanagybácsi mosdatta meg a nyelvével.

Willt kutyája hangos böfögése zökkentette ki merengéséből.

– Na, szép! Hol marad a jó modor, barátom? Caesar oldalra fordította busa fejét, értetlenül gazdájára meredt, majd megrázta magát. Hátat fordított, aztán komótosan felcammogott az emeletre.

– Legalább annyit idevakkanthatnál, hogy jó éjt! – méltatlankodott Will.

Vacsorája végeztével Will gyorsan elkészült, és már indult is kedvenc sörözőjébe. Péntekenként jóformán mindig teltház volt. Gordon, az egyetemi csoporttársa már a bárpultnál ülve várta. Kissé telt alkatú volt, a fejét kopaszra borotválta, fekete szakállát viszont hagyta megnőni. Sötétbarna szemeivel fürkészve nézte környezetét. Foglalt barátjának egy helyet a mellette lévő bárszéken. Kikérték sörüket.

– Mi a helyzet? Jó heted volt? – kérdezte Gordon.

– Aha! Mondjuk a hetem a szokásos módon telt. A ma reggel azonban tartogatott némi izgalmat.

Will direkt nem folytatta. Szerette húzni a haverját.

– És most kerítenem kellene valahonnan egy harapófogót, hogy kihúzzam belőled, mi volt ma? – forgatta a szemét Gordon.

– Ja, semmi extra, csak éppen egy olyan dögös nő sétált be a rendelőmbe, amilyennel élőben én még soha nem találkoztam.

– Na, akkor meséld csak el szépen, milyen a csaj! De sürgősen ám!

Will elnevette magát. Vett egy marékkal a pulton lévő mogyorós tálból, és komótosan ropogtatni kezdte a sózott mogyorót. Barátja ujjaival türelmetlenül dobolt a söröskorsón.

– Oké, szóval. Képzelj el egy fitnessmodellt!

– Ahh...

– Várj, még csak most jön a java! Tökéletes alak, kecses járás, gyönyörű arc, és észbontóan kék szemek.

– És egy ilyen bombázó hogy a francba tévedt be pont hozzád? – kérdezte Gordon kicsit irigykedve.

– A macskáját hozta. Frankón kétségbe volt esve szegényke. Láttad volna a szemeit! Na meg az a gyönyörű fekete sörény! Nem, nem a macskáé. Az vörös volt. Na, de a nő!

– Te mázlista!

Gordon végzett az első sörével. Kikérte a második kört.

– Á, szerintem esélyem sincs nála – jegyezte meg Will elkenődve. – Különben meg egy ilyen gyönyörű nőnek tuti van pasija.

– Azért egy próbát megér – vont vállat barátja.

– Igazad lehet. Jövő héten hozza a macskáját kontrollra. De mégis hogy közelítsek felé?

– Ne legyél már ilyen balfék! Egyszerűen hívd el valahová, aztán kész! – vágta rá rögtön Gordon. Ő aztán soha nem teketóriázott. Ha valaki megtetszett neki, egyszerűen randira hívta. Érdekes módon ez a határozottság a legtöbb nőnek bejött.

Will lehúzta első söre maradékát. Fel kellett kötnie a gatyáját, ha lépést akart tartani barátjával. A szájába dobott pár szem mogyorót, jóízűen elropogtatta, majd megszólalt:

– Te, figyi! Kezdek belefulladni a melóba. Szerencsére marha jól megy a rendelő, de egyedül már nemigen győzöm.

Gordon csak ennyit reagált.

– Aha. És?

– Meg kellene hosszabbítani a rendelési időt. Vagy bevezetni a hétvégi ügyeletet. Szóval arra gondoltam, mi lenne, ha valahogy megosztanánk egymás közt a rendelést.

– Na látod, így kell ezt csinálni! – vágta hátba barátját Gordon, majd elvigyorodott. – Csak ki kell mondani, amit akarsz. A nőkkel is ezt kell tenni.

– Akkor beszélhetünk a dologról? Mondjuk józanon jobb lenne.

– Még szép! Amúgy a legjobbkor hozakodsz elő ezzel, mert már úgyis ott akartam hagyni a tejgazdaságot. Állatorvos vagyok, a gyógyításra esküdtem fel, de amit azokkal a szerencsétlen állatokkal művelnek, hogy nagyobb profitot hozzanak... Én nem is tudom, hogyan képesek olyan szörnyű körülmények között életben maradni.

– Ennyire gáz a helyzet? – kérdezte Will őszintén meglepődve.

25

– Sajnos. Mindenre az a megoldás, hogy teletömjük a jószágokat antibiotikumokkal. Másképp el is pusztulnának.

– Szerencsétlenek. – Will nem tudott ehhez hozzáfűzni semmi érdemlegeset.

Gordon is csak sóhajtott egyet, majd megszólalt:

– Akkor holnap, ha mindketten kijózanodtunk, felhívlak.

De nézd már, lekaröztelek! Jöhet a harmadik?

KONTROLLVIZSGÁLATON

– **KOMOLYAN MONDOM**, az agyam eldobom! – rontott be Helga a rendelő ajtaján hétfő reggel.

– Jesszus, mi a baj már megint?

Will a számítógép előtt ült. Levette kezét a billentyűzetről, és magában már előre mulatott, mert sejtette, hogy újabb érdekes monológban lesz része.

– Á, csak összevesztem azzal a gyökér unokatesómmal. Anynyira értetlen! Képzeld, vasárnap ülünk a nagyinál a szülinapi ebédnél. Persze az asztal roskadásig van hússal! Látja az uncsim, hogy én csak krumplipürét és párolt zöldségeket szedek magamnak. Erre flegmán megkérdezi: *„Mi van, diétázol?"*

Will már megszokta asszisztense kirohanásait, amelyek rendre a húsevőket kritizálták. Nem értett vele egyet, de ebben a témában inkább bölcsen hallgatott. Hiszen ki akar szembeszállni egy felbőszült amazonnal? Helga kisgyerekkora óta nem evett húst a rettentő állatszeretete miatt, és elvárta volna, hogy a világ ugyanúgy gondolkodjon, ahogyan ő.

Joe a gyógyszeres szekrényt töltötte fel éppen. Csendben várta a sztori végét.

A nő kipirult arccal hámozta le magáról farmerdzsekijét, majd bement az irodába, hogy átöltözzön talpig fehérbe. Résnyire nyitva hagyta az ajtót, hogy a két férfi hallja, ami még kikívánkozik belőle.

– Szóval, magyarázom neki a húsmentes élet előnyeit, amikor benyögi: *„Na és? Az oroszlán is eszik húst."*

– Ez most hogy jön ide? – kérdezte Will szórakozottan, miközben figyelmét ismét a monitorra fordította.

– Hát ez az! Én sem értem! – lépett ki az irodából Helga széttárt karokkal. – Mondtam is annak a pökhendi, nagytudású rokonomnak, hogy ha már ilyen párhuzamot von, akkor vegye figyelembe, hogy a ganajtúró bogár mivel táplálkozik.

Helga művészien kontyba rendezte dús haját, miközben zavartalanul csacsogott tovább.

– Srácok, épp most kukkantottam bele az előjegyzési naptárunkba. Kössük fel a gatyát! Főnök, nem akarsz esetleg változtatni valamit a rendelési időn?

– Na, ebbe pont beletrafáltál! Ma benéz hozzánk a volt csoporttársam, és ha minden jól megy, hamarosan bővítjük a rendelést – közölte munkatársaival Will az örömhírt.

– Bővítjük? – mordult fel Joe. – Bakker, már most is annyit gürizünk, hogy lassan le kell mondanom a magánéletemről.

– Hiszen nincs is magánéleted – kuncogott Helga. Joe azonban elnézte neki a piszkálódást. Egyszerűen csak ráöltötte a nyelvét, majd elvigyorodott.

– Oké, de így aztán végképp esélyem sincs rá, hogy becsajozzak.

Will igyekezett megnyugtatni munkatársait.

– Éppen azért hoznám be a csapatba Anspah doktort, hogy legyen esti és hétvégi ügyelet is. Van egy megbízható asszisztense, szóval ezt nem erőltetném rátok. Így viszont jó eséllyel nem lesznek zsúfoltak a napjaink.

Willnek megcsörrent a mobilja. Gordon jelezte, hogy elindult, és félóra múlva ott lesz. Miután letette a telefont, felállt, összecsapta a kezét, szélesen elmosolyodott és megkérdezte:

– Készen álltok a mai napra?

– Naná! – vágták rá asszisztensei szinte egyszerre. Közös volt bennük az állatok mérhetetlen szeretete.

Helga észrevette, hogy Will folyton az ajtót lesi.

– Talán vársz valakit? – érdeklődött huncut mosollyal az arcán.

– Ja, nem, csak... csak várom, hogy kezdődjön a nap.

A nő azonban tudta, hogy az első előjegyzett páciensük Tornádó. Will pedig nyilvánvalóan a gazdája miatt annyira izgatott.

Nyílt az ajtó. Suzy lépett be rajta. Megpillantva Will ábrázatát, rögtön kifakadt:

– Te jó ég, ezt a csalódottságot! Bocsi, hogy csak velem kell beérned. Kit vártál ennyire?

Helga épp válaszolni akart, Will azonban szigorúan ránézett, és megelőzve őt, megszólalt:

– Őszintén szólva nem gondoltam, hogy a kedves kishúgom képes ilyen korán idetolni a képét – ezzel ölelésre tárta a karját, és jól megszorongatta testvérét. – Mi járatban vagy itt? – kérdezte tőle szeretetteljesen.

– Vinni akarok a teknőseimnek valami vitamint.

– Oké, Helga segít.

És ekkor lépett be Julie. Will nyelt egy nagyot, és igyekezett összeszedett maradni. Eléggé nehezen ment neki. Helga mentette meg a helyzetet.

– Ti még nem ismeritek egymást. Julie, ő Will húga.

– Suzannah Smith – nyújtott kezet Suzy. – De mindenki csak Suzynak szólít.

Helga tovább buzgólkodott.

– Ő pedig Julie Greene. Will legújabb sze... ömm, páciensének a gazdája.

Will csúnyán nézett szeleburdi asszisztensére, ő azonban tovább vigyorgott. Ezért inkább elvette Julie-tól a cicahordozót, és bevitte a jószágot a vizsgálóba. A három nő az előtérben maradt, és tovább csacsogott. Julie még mindig aggódott házi kedvencéért, Helga azonban próbálta megnyugtatni őt. Hogy elterelje figyelmét, az edzésről kezdtek el beszélgetni.

Will a vizsgálóasztalra tette a hordozót, és egy határozott, ám gyengéd mozdulattal kivette belőle a macskát. Kisugárzása nem hagyott kétséget pácienseiben afelől, hogy ki a főnök. Joe készséggel máris mellette termett.

Will elégedetten nyugtázta, hogy az állat sokkal jobb bőrben van, mint legutóbb. Tovább folytatta az antibiotikumos kezelést, és egy jókora vitaminkoktélt is előkészített injekcióban.

A szuri után nem kellett biztatni a jószágot, hogy fáradjon be kosarába. Megvető dünnyögés közepette méltóságteljesen bevonult, és az ajtajának háttal duzzogva leült.

Will kilépett az előtérbe.

– Bocsi a zavarásért, de készen is vagyunk.

Julie-nak felcsillant a szeme.

– Remek! – és hálás tekintettel nézett az orvosra, aki ettől rögtön elpirult. – Köszönöm, doktor úr!

Miután kifizette a kezelést, öleléssel köszönt el Helgától és Suzytól is. Will felvont szemöldökkel nézte őket. Hogy tudnak a nők ilyen hamar összebarátkozni?

Mindenesetre örült neki, hogy a húga máris ilyen jóban lett Julie-val. Így talán még randira is könnyebb lesz majd elhívnia.

KÖZÖS EDZÉS

SUZYNAK HASMENÉSSEL INDULT a napja. Rettenetesen izgult.

– Az ég szerelmére, szedd már össze magad, hiszen csak edzeni mégy! – korholta magát, miközben kezet mosott. Belenézett a tükörbe, és mosolyogni próbált. Szája azonban csak groteszk vigyorra húzódott.

– Na jó, essünk túl rajta. Indulás!

Bement a szobájába, felkapta összekészített edzőcuccát, majd elköszönt ékszerteknőseitől.

Amint kilépett a bejárati ajtón, fázósan húzta össze magán a kardigánját. Ealingben, ha szelesre fordult az idő, akár még nyár elején is jólesett a melegebb öltözet. Azonban már nem akart visszafordulni dzsekiért. A kocsijáig kibírja.

Meglepően gyér volt a forgalom, így a tervezettnél korábban érkezett az edzőterem elé. Talált egy jó parkolóhelyet, azonban még nem szállt ki az autóból.

Idegességét néhány mély lélegzetvétellel igyekezett enyhíteni. Még a szemét is becsukta. Éppen ezért kis híján frászt kapott, amikor valaki bekopogott a vezetőülés melletti ablakon. Julie vigyorgott rá az üvegen keresztül.

– Hát te meg mit ücsörögsz idekint?

– A szívbajt hoztad rám! – nyögött fel Suzy, miközben kivette a kulcsot a gyújtóból, és kikászálódott a kocsiból.

– A szívbajt majd az edzés fogja rád hozni. Na, gyere! – Julie rákacsintott, majd lendületes léptekkel megindult befelé.

Suzy felmarkolta táskáját az anyósülésről, lezárta kocsiját, vett egy nagy levegőt, és elindult a bejárat felé. Julie a recepción várt rá.

– Előbb az irodámba megyünk, hogy átbeszéljük a haditervet.

Julie-nak hangulatos irodája volt. Úgy festett, mint egy kellemes, otthoni dolgozószoba. A törtfehér falakon több tucatnyi, levelezőlap méretű kép sorakozott, egy-egy motiváló idézettel. Három nagyobb poszter is helyet kapott az ajtótól jobbra lévő falon. Az egyiken Arnold Schwarzenegger, a másikon Sylvester Stallone, köztük pedig Linda Hamilton, a Terminátor Sarah Connorja feszített.

– A példaképeim – mutatott rájuk Julie. – Gyere, csüccs ide mellém.

A két nő elhelyezkedett a kényelmes kanapén. Julie keresztbe tette lábait, és felvette naplóját az előtte lévő üveges dohányzóasztalról. Lapozgatni kezdett benne.

Suzy közben megcsodálta a tőle balra lévő falfelület egész hosszában elhelyezkedő könyvespolcot, amelyen sporttal, táplálkozással, egészséggel és pszichológiával kapcsolatos könyvek sorakoztak.

– Pszichológiát is tanultál? – érdeklődött Suzy.

– Folyamatban van. Emberekkel dolgozom, ezért fontosnak tartom, hogy ne csak a testük működését értsem.

– Aha, jogos. Én például most rém ideges vagyok. Szerinted miért rettegek ennyire?

– Az ember mindig attól fél, amit nem ismer. Gondolom, még soha nem jártál edzőteremben.

Suzy fülig pirulva vallott színt.

– Hát, az az igazság, hogy eddig csak hobbiszinten jógázgattam, otthon.

Julie bátorítóan folytatta.

– Nincs ezen mit szégyellni. Hiszen eddig nem úgy alakult az életed, hogy a célzott erősítő edzés a látóteredbe került volna. Más volt fontos. Ez nem bűn. Most értél meg arra, hogy ezzel a területtel is foglalkozz.

Suzyt meglepte a bölcs válasz. Kíváncsian várta, mi közvetkezik. Julie kis idő múlva végre megszólalt.

– Akkor most matekozzunk egy kicsit!

Ezzel elővett néhány táblázatot, feltett pár kérdést újdonsült kliensének, végül pedig megmérte a súlyát és a testzsírszázalékát.

Néhány perccel később Suzy megtudta magáról, hogy magasságához képest nem rossz a hatvanöt kilós testsúlya, ám azon bizony dolgoznia kell, hogy csökkentse a testzsírarányát.

Újabb kérdések következtek, amelyek a táplálkozással függtek össze. Julie láthatóan elégedett volt.

– Számomra az derült ki, hogy élvezed az ételeket. Szeretsz enni. Ami remek, mert látom, hogy jó viszonyban vagy az étellel.

– Talán túl jó viszonyban – csapkodta meg combjait nevetve Suzy.

– Ez egyáltalán nem baj. Legalább étkezési zavarokkal nem kell megküzdened. Jó hír viszont, hogy minél több izmot pakolsz majd magadra, annál többet ehetsz büntetlenül. Bár a feldolgozott, agyoncukrozott szemét kajákat lehetőleg kerüld!

– Számítottam rá, hogy azoktól el leszek tiltva. De hogyhogy annyit ehetek majd, amennyi jólesik? – kérdezte Suzy meglepődve, ugyanakkor lelkesedéstől csillogó szemekkel.

– Ó, hát csak annyi az egész titok, hogy minél több izomsejted van, annál jobban pörög az anyagcseréd. A zsír ugyanis lusta, az izom viszont rengeteg energiát zabál, hogy fenn tudja tartani magát. Érted már?

– Azt hiszem. Tehát ne féljek a súlyzóktól?

Julie szélesen elmosolyodott.

– Mostantól ők lesznek a legjobb barátaid. Van még kérdésed?

– Ami azt illeti, van. Tudom, hogy te növényi alapú táplálkozási szakértő vagy. Nekem is át kell térnem erre az étrendre?

Julie sóhajtott egyet.

– Nézd, én nem tilthatlak el az állati eredetű dolgoktól. Csak elmondom, mit tesznek a szervezeteddel. Nem jó dolgokat... Ha kéred, adhatok javaslatokat, vagy akár étrendet is írhatok neked. Azt viszont tudd, hogy abban csak növények lesznek!

– Értem – válaszolta Suzy.

– Oké! Akkor most én hadd tegyek fel egy kérdést. Miért akarsz hozzám járni?

Suzy kissé elfordította a fejét, lesütötte a szemét, de azért erőt vett magán, és őszintén válaszolt.

– Tulajdonképpen az egészségemet szeretném rendbe tenni. Gyanítom, hogy egy-két dologra allergiás vagyok. Elég gyakran puffadni is szoktam. És mivel te a táplálkozáshoz is értesz, úgy gondolom, veled biztosan sikeres életmódváltásba tudnék kezdeni.

– És mi van, ha nem fogysz majd egy dekát sem?

Suzy felpillantott, és határozottan válaszolt.

– Én nem egy gyenge cérnaszál akarok lenni, hanem egy elszakíthatatlan, masszív kötél! Jó, tudom, van rajtam némi felesleg, de legalább van alapanyag, amit átalakíthatok izommá. Ugye? Julie-nak tetszett ez a válasz. Tudta, hogy komoly, elszánt ügyféllel van dolga. Elővette táskájából a névjegykártyatartóját, és átnyújtott Suzynak egy névjegyet, amelyre előtte felírta a privát számát.

– Tessék! Nálam ez a szokás. Ha elvállalok valakit, akkor az illető bármikor bizalommal fordulhat hozzám.

Suzy elvette a névjegyet, átfutotta, majd gondosan eltette a tárcájába. Julie bátorítóan a karjára tette a kezét.

– Most pedig öltözz át, kérlek! Edith megmutat mindent, amit kell. Tíz perc múlva találkozunk a recepció előtt.

Julie az egyik kardiógéphez, az ellipszis trénerhez vezette Suzyt.

– Oké, pattanj fel erre a gépre tíz percre – adta ki máris az utasítást.

– Ó, csak tízre? – kérdezte némi csalódottsággal Suzy.

– Nyugi, ez csak a bemelegítés lesz! Mire végzünk, azt kívánod majd, bárcsak be se tetted volna ide a lábad! – vigyorgott rá edzője.

– Hát jó! Akkor amíg én levegő után kapkodok, meséld már el légyszi, hogy van a cicád.

– Haha, őurasága remekül érzi magát! Ma reggel újra első dolga volt üvöltözni a kajáért, és szétszedni a hálószoba ajtaját. Tiszta horror kaparászó hangra ébredni!

– Az igen! Mit csinált vele Will, hogy ilyen gyorsan erőre kapott?

– Első alkalommal infúziót adott neki – válaszolta Julie, miközben ellenőrizte az adatokat a gép kijelzőjén.

– És ezt az állat végig nyugodtan tűrte? – kérdezte csodálkozva Suzy két lihegés között.

– Á, ezt ne úgy képzeld el, hogy bekötötték a mancsába a kanült, és ott kellett ülni vele egy órát, amíg lassan lecsepeg a folyadék.

– Akkor hogy?

– Az asszisztense lefogta a kandúromat, a doki pedig a tarkójánál a bőre alá fecskendezett egy hektoliternyi cuccot. Néhány mozdulattal szépen elmasszírozgatta a folyadékot, aztán Tornádó mehetett Isten hírével a dolgára. Szóval nem kellett maga után húzgálnia semmiféle infúziós állványt.

– Az szuper – fújtatott Suzy. – És arról nem mesélsz, hogy tetszik a bátyám?

Julie zavartan ismét a kijelzőt tanulmányozta.

– Ömm, igazán jó orvos. Látod, hogy ráncba szedte a kandúromat. Pedig azt hittem, a halál torkában van. Gondolatban már el is temettem csórikámat.

Julie nem akarta elárulni, mennyire tetszik neki az állatorvos. Különben is, a legutóbbi ronda szakítása után szentül megfogadta, hogy örökre végzett a férfiakkal, és inkább leszbikus lesz. Ráadásul még két napja sincs, hogy megmondta a szeretőjének, fejezzék be a lassan egy éve tartó kapcsolatukat. Egyelőre nem állt készen újabb kapcsolatra. Ám egy belső hang mégis azt súgta neki, hogy Willben megbízhat, és adhat neki egy esélyt.

AZ ELSŐ HOLTTEST

MÁSNAPOSAN KELNI NEM ÉPPEN a legjobb mulatság. Jessicának szörnyen lüktetett a feje. Éppen húsz éve, a tizenötödik születésnapján ivott először alkoholt, ám az eltelt évek alatt sem sikerült egészséges viszonyt kialakítania vele. Ritkán ivott ugyan, de akkor aztán beleadott mindent. Aznap reggel is úgy érezte, üvöltöznek vele, pedig csak suttogva ébresztgette lakótársa.

– Jessica! Jessica, jól vagy?

– Mmmhm, jól vagyok.

– Aha, csak nem tudsz artikulálni.

– Mmmm...

Nyöszörögni legalább már helyesen artikulálva tudott. Némi motozás után hallotta a bejárati ajtó csukódását. Amerikai lakótársa, Enid, ezek szerint elindult dolgozni. Ami azt jelenti, hogy már délután négy óra van!

A két nő közel egy éve osztozott a lakáson. Jól kijöttek egymással. Nem találkoztak túl sokat, hiszen eltérő munkarendben dolgoztak. Jessicának a huszonnégy órás szolgálat után hetvenkét óra pihenő következett, amit igen aktívan töltött. Szeretett hosszabb utakra indulni vonattal, új helyeket felfedezni, megfigyelni maga körül a világot, az embereket. Számára ez egyfajta meditációt jelentett. Ezzel szemben Enid ápolónőként dolgozott váltott műszakban, szabadidejében pedig vásárolgatni járt, és nagy mozirajongó volt.

Jessicának este hatkor kezdődött a műszakja. Óvatosan kikászálódott az ágyból. Szája borzasztóan kiszáradt. Első dolga volt kimenni a konyhába, hogy végre csillapíthassa szomját. Olyan mohón ivott, hogy félrenyelt. A konyhapultba kapaszkodva köhögött vagy egy percig, miközben rettenetesen sajnálta magát.

A köhögőroham elmúltával elindult zuhanyozni. Meleg vízzel kezdett, ám fokozatosan átállította egyre hidegebbre, hogy minél hamarabb kitisztuljon a feje és felébredjen a teste. És akkor beugrott neki az előző éjszaka egyik jelenete. Vadul szexel Lorenzóval a férfi lakásán. Aztán elhangzott a mondat, amelylyel a férfi a nehezen felépített női önbecsülését lenullázta: „Ezt jobb, ha nem ismételjük meg." Jessicának mondani sem kellett, hogy nincs többé keresnivalója a fiatal igazságügyi orvosszakértő ágyában. A megalázottság és a düh egyvelege kavargott benne, miközben kapkodva felöltözött, és elviharzott a lakásból. Igazából magára haragudott. Hogyan is lehetett olyan naiv, hogy abban reménykedett, a huszonnyolc éves, jóképű és izmos férfi majd a nála hét évvel idősebb kollégájával bonyolódik komolyabb kapcsolatba? Hogy gondolhatta, hogy nem csak egy újabb strigulát lát benne?

Jessica libabőrösen lépett ki a zuhany alól. Miután megtörölközött, farmert húzott, amihez egyszerű, fekete, hosszú ujjú pólót és sötétzöld, cipzáros pulcsit választott. Vörös, vékony szálú, vállig érő haját öt perc alatt beszárította és copfba fogta. Barna, mandulavágású szemét fekete szemceruzával tette optikailag nagyobbá. Keskeny ajkait szintén optikailag turbózta fel halvány eperszín árnyalatú rúzzsal. Az orrával viszont nem tudott mit kezdeni. Azt éppen hogy kicsinyíteni szerette volna.

Farkaséhesen lépett a konyhába. Türelmetlenül feltépte a hűtő ajtaját, és sorra kipakolta belőle mindazt az ételt, amelytől enyhülést remélt háborgó gyomrára – és sebzett lelkére. Ír sózott vajat hevített egy serpenyőben. Mialatt sercegve sült benne négy tükörtojás, addig megpirított két szelet kenyeret, majd megkente mogyoróvajjal és narancslekvárral. A készülő kávé közben csábítóan illatozott.

Bőséges uzsonnáját két szelet csokitortával zárta. Nem aggódott a kalóriák miatt, hiszen alapból gyors volt az anyagcseréje, ráadásul a heti háromszor két óra kickbox edzés is jó formában tartotta. Mindig azt ette, amit megkívánt. Egyedül húst nem volt hajlandó enni. Gyerekkorában sikeresen megcsömörlött tőle.

Ideje volt indulnia. Bélelt bakancsot húzott, nyaka köré tekert egy sálat, és magára kapta kabátját. Az utcára kilépve megborzongott, de nem csak a hűvös szél miatt, hanem mert megcsapta az orrát az indiai bazársor felől érkező állandó curryszag. Ki nem állhatta a curryt, és úgy általában az embereket sem bírta. Folyton teleszemetelik az utcát, és a járdára csuláznak. Pedig amúgy milyen szép utcái vannak Ealingnek! Elsuhant előtte egy piros emeletes busz, oldalán hatalmas poszterrel, amelyen ágymatracot reklámoztak. Erről óhatatlanul az előző éjszaka jutott az eszébe.

Végre feltűnt a társa, Jack kocsija. Illetve a rendőrség megkülönböztető jelzés nélküli járgánya, egy ötéves, szürke Fiat, amelyet legtöbbször ők ketten használtak a nyomozáshoz. Jack lendületesen a járda mellé kanyarodott, és ballal a kormányt fogva, jobbjával már nyitotta is társának az anyósülés ajtaját. Jessica behuppant mellé. A férfi igyekezett rögtön felkészíteni őt a rájuk váró esetre.

– Az ügyeletes tiszt szerint fel kell kötni a gatyánkat, mert ilyen bizarr hullát még nem pipáltunk!

– Remek! Még szerencse, hogy nem vagyok finnyás. Most ettem tele magam.

– Akarsz róla beszélni? – kérdezte Jack, miközben kikanyarodott az útra.

Jessica meglepetten bámult rá.

– Hát, ha akarod. Sütöttem magamnak tükörtojást, és...

– Nem erre gondoltam, tudod jól – pillantott rá gyengéden a társa azokkal a meleg barna szemeivel.

A nő elhallgatott, és kissé lejjebb csúszott az ülésen. Persze, tudta jól, miről van szó. Előző este együtt kocsmáztak néhány kollégával. Miután sikerült több martinit innia a kelleténél, hagyta, hogy Lorenzo fűzze az agyát, holott köztudott volt, mennyire érzéketlen nőcsábász a pasi. Jack próbálta lebeszélni Jessicát, hogy elmenjen Lorenzóval, de hiába. A nőnek tetszett, hogy a sármos olasz csődör őt akarja.

Jessica sóhajtott egyet, megköszörülte a torkát, ám csak ennyit bírt kinyögni:

– Rendben leszek, köszi!

Ahogy kiértek a városból és közeledtek az illegális szemétlerakó felé, ahol a hulla várt rájuk, Jack megpróbálta kizökkenteni társát a hallgatásból.

– Figyu, ezen a hétvégén kivételesen nem leszek elérhető.

– Nocsak, mi dolgod lesz?

– Szombaton nősül az öcsém. Vasárnap meg ki tudja, milyen szétcsapott állapotban leszek – közölte Jack vigyorogva.

– Na, szép – válaszolta társa egy halvány mosollyal a szája sarkában. – Azért megnéznélek öltönyben.

– Szép vagyok abban is – jött a határozott válasz.

Jessica elnevette magát.

– Örülök, hogy ennyire elégedett vagy magaddal.

– Neked is annak kellene lenned – nézett rá Jack komoly arccal.

A nő kinyitotta a száját, de igazából nem tudott mit reagálni. Az mentette meg, hogy megérkeztek a helyszínre.

Keskeny földúton lehetett megközelíteni a szemétlerakót, amelyet bal kézről elhanyagolt, gazos terület határolt néhány facsoporttal, jobbról pedig egy csatorna. Bajos lett volna ott parkolni, ezért a rendőrség emberei a földút kezdeténél lévő nagyobb, füves területen hagyták járműveiket. A két nyomozó kiszállt a Fiatból. Jack baseballsapkával védte fejét a hidegtől, ha már a védelemben a félcentisre vágott hajára nem számíthatott. A nyomozópáros egymás mellett lépkedett. Jessica majdhogynem törékenynek érezte magát kigyúrt, százkilencven magas társa mellett, holott csak tíz centivel volt alacsonyabb nála.

A helyszínen már ott nyüzsögtek a technikusok, valamint a nyomrögzítő és a fotós kollégák is. Mind némán, serényen végezték a feladatukat.

Az ügyeletesnek igaza volt. Ennél bizarrabb hullát még egyikük sem látott.

Az áldozatnak combtőből csonkolták mindkét lábát. A roncsolásból ítélve valószínűleg láncfűrésszel. Meztelen teste egész felületén égési sérülések éktelenkedtek. A fejére a gyilkos ráhelyezett egy hófehér szakácssapkát. Az áldozat lábai a test mellett hevertek egy darab simára csiszolt deszkán, ám azokon nem voltak égésre utaló nyomok. Azok épek voltak.

Jessica jól tudta, hogy az esethez a helyszíni szemlebizottság nem lesz elég, mivel nyilvánvalóan idegenkezűségről van szó. A halottkém tehát el is végezte a feladatát azzal, hogy megállapította a halál tényét. Ez pedig sajnos azt jelentette, hogy kiküldik az igazságügyi orvosszakértőt, a sármos és fűszeres parfümmel körbelengett, fiatal olasz csődört, doktor Lorenzo Vitalist.

VITA ÉS VÁLTÁS

A KÉT NŐ CSODÁLATOS éjszakát töltött együtt. Gátlástalanul szenvedélyesek voltak, és élvezetüknek hangot is adtak. Megtehették, hiszen Enid lakótársa aznap éjjel odakint üldözte a rosszfiúkat. Reggel Helga arra ébredt, hogy egyedül van a szobában. Elégedetten nyújtózott egy nagyot, majd felült az ágyban és elmosolyodott.

Egy gyors zuhany után egy szál bugyiban és áttetsző fehér pólóban libbent ki a konyhába. Kócos haját kontyba tekerte. Csak babahaja szállt szanaszét.

Amint meglátta barátnőjét a konyhaasztalnál ülve, elhúzta a száját. Enid éppen egy hatalmas sajtos melegszendvicset majszolt, előtte pedig nagy bögre tej volt.

Helga leült vele szemben, és megköszörülte a torkát.

– Szívem! Bocsi, de nem szeretem nézni, ha más tejterméket eszik.

Enid lenyelte a szájában lévő falatot és belekortyolt a tejbe, majd megkérdezte:

– Mi bajod van vele?

– Látom mögötte a szenvedést.

Enid kérdőn nézett barátnőjére, aki rögtön belefogott a magyarázatba.

– A tehén nem egy varázsállat, és nem csak úgy spontán jön belőle a tej, az emberek kedvéért.

– Tényleg?

Helga sóhajtott egy nagyot.

– Aha! Sajnos az van, hogy elveszik az anyaállattól az újszülött kisborját, hogy a tejét felnőtt emberek ihassák meg.

– De hát mi ezzel a baj?

– Most mondtam el! – csattant fel Helga. Enid összerezzent.

– Jesszus! Nyugi már, csajszi! Hiszen nekünk is szükségünk van a tejre.

41

– Komolyan? Egy felnőtt embernek, anyatejre? Ráadásul egy másik faj tejére? Ez baromság!

Enidnek nem volt kedve vitatkozni barátnőjével.

– Oké, én ezt mind hallom, de nem fogok lemondani a kedvenc kajáimról. Bocs! – Közelebb hajolt Helgához, és gyengéden megsimogatta az arcát, majd játékosan beletúrt a hajába. – Ugye nem fogsz dobni emiatt?

Helga elpirult, és végre elmosolyodott.

– Nem, persze, hogy nem. Csak attól tartok, ha nálad éjszakázom, nem fogunk együtt reggelizni. Engem ez érzékenyen érint.

– Mmm, de kis édes vagy! – búgta Enid. – Tudod mit? Inkább menjünk vissza a szobámba. Hadd felejtessem el veled, amit láttál.

Ezzel felállt, kézen fogta barátnőjét, és a szoba felé húzta. Helga nem ellenkezett.

– Most már tényleg mennem kell!

Helga megcsókolta barátnőjét, és kipattant az ágyból. Magára kapta előző napi ruháit, majd elbúcsúzott Enidtől.

– Később hívlak, hogy mit intéztem ma.

Kilépett a lakásból, és megnézte a telefonját. Már nem maradt ideje, hogy hazamenjen átöltözni, és a reggeli is kimaradt, bár utólag már nem bánta. Elmosolyodott, sóhajtott egyet, és elindult a metróhoz.

Munka előtt állásinterjúra ment az Ealing egyik külterületén lévő állatmenhelyre. Előre szólt Willnek, hogy valószínűleg csak ebéd környékén érkezik, de nem volt gond, mert éppen aznap délelőtt ugrott be Gordon és az asszisztense, hogy megismerkedjenek a rendelővel.

Helga izgult egy kicsit. Szívből szerette volna, ha őt választják ki állandó munkatársnak. Biztosan pozitívumként fog hatni az önéletrajzában szereplő, évek óta tartó önkéntes munka, amelyet a mostani munkahelyétől nem messze lévő telephelyen végzett.

Időben érkezett, és a felvételiztető hölggyel is rögtön szimpatikusak voltak egymásnak. Helga minden kérdésre magabiztos választ adott, és miközben körbementek a menhelyen, rögtön látszott, mennyire odavan az állatokért, és azok is nyugodtan viselkedtek a jelenlétében. Rajta kívül már csak egy jelentkező volt, akit még aznap délelőtt fogadott a hely vezetője. Helga azt az ígéretet kapta, hogy legkésőbb aznap délig értesítik.

Helga kicsivel tizenegy óra után érkezett meg a rendelőbe. Akadt tennivaló bőven, így már csak arra eszmélt, hogy elérkezett az ebédidő. A teakonyha felé tartott, amikor megcsörrent a mobilja.

A két állatorvos a teakonyhában evett az asztalnál. Joe kihasználta a jó időt, és kiült az udvarra az egyik padra. Ott majszolta el gazdagon megtöltött tortillatekercseit és hatalmas adag gyümölcssalátáját. Gordon asszisztense már távozott, ugyanis órái voltak az egyetemen.

Helga megvárta, amíg Will befejezi ebédjét, majd megkérte, menjenek be az irodába, mert mondani akar neki valamit. Behajtotta maguk után az ajtót, és szembefordult főnökével.

– Attól tartok, keresned kell helyettem egy új asszisztenst.

Will őszintén meglepődött.

– Ó, ne! Mi történt? Nem érzed már itt jól magad?

– Ahh, dehogynem! Imádok veletek dolgozni. Csak tudod, rájöttem, hogy nekem más dolgom van az életben. Állatokat akarok menteni.

– De hiszen most is segítesz rajtuk.

– Nem egészen. Inkább *neked* segítek a gyógyításban. Viszont a legtöbb kis páciensünknek gondos és törődő gazdája van. Azért hozzák el ide kedvenceiket, hogy visszaadjuk az egészségüket. Én olyan állatokkal akarok foglalkozni, akik szenvednek. Akik rossz helyen vannak. Ténylegesen meg akarom menteni őket, érted? Will bólintott.

– Persze, értem. És talán ez lesz a számodra megfelelő munka. Legalább megnyugszol, hogy valóban segítesz a szenvedő állatokon.

– Én is így gondolom. Köszönöm, hogy megérted.

Willt azonban csak nem hagyta nyugodni egy gondolat.

– Helga, várj csak!

A nő visszafordult, lazán az ajtófélfának dőlt, és karjait öszszefonta maga előtt.

– Igen?

– Kíváncsi vagyok valamire.

Helga bátorítóan főnökére mosolygott.

– Kérdezz csak!

– Te mindig ennyire a szíveden viselted az állatok sorsát? Vagy történt valami?

Helga felsóhajtott.

– Oké, elmondom. Persze lehet, hogy hülyeségnek fogod tartani.

– Nem hiszem. Inkább segítene megérteni a dolgot.

A nő mesélni kezdett.

– Úgy négy-öt éves lehettem. Anyu vett egy egész pulykát. A konyhában voltunk, ő a megpucolt állatot darabolta. Egy hatalmas késsel éppen a pulyka mellét szeletelte, amikor zokogásban törtem ki, és rákiabáltam: „Anya, ne csináld! Fáj neki!"

– Hű, ez kemény – szólalt meg Will. – És erre így emlékszel?

– Nem igazán. Anyu mesélte el, amikor nagyobb voltam, és végre belátta, hogy hiába próbálkozik, nem vagyok hajlandó húst enni.

– Érdekes – tette hozzá Will az állát vakargatva. – És tényleg nem eszel meg semmilyen más állati ételt sem?

– Egyedül tojást fogyasztok, de boltit soha! Csak háztájit. Sajnos jól tudom, hogy szerencsétlen tojókat milyen rettenetes körülmények között tartják a nagyobb gazdaságokban. Nem járulok hozzá a szenvedésükhöz.

– Ezzel egyetértek. Én is családi kisgazdáktól veszem a tojást. És csak biohúst eszem.

Helga nem akart újabb vitába bonyolódni egy húsevővel. Kezdje el magyarázni, hogy humánus gyilkosság nem létezik, és a bio állatokat nem halálra simogatják?

Will, mintha csak a gondolataiban olvasott volna, folytatta:

– Ugye tudod, mennyire fogsz hiányozni? Főleg a harcos állatvédő kirohanásaid.

Helga felnevetett.

– Persze, hogy tudom.

Miután Helga befejezte Willel a beszélgetést, felhívta barátnőjét, és elújságolta neki a jó hírt. Enid azt javasolta, hogy feltétlenül ünnepeljék meg a dolgot egy üveg pezsgővel és egy doboz eperrel, lehetőleg még aznap este.

A SZADISTA SZAKÁCS

MIUTÁN JACK ÉS JESSICA szemrevételezte a helyszínt, váltottak néhány szót az esetet felfedező járőrrel. Mint kiderült, a szolgálatát éppen leadni készülő rendőr társával a kapitányságra tartva még benézett erre a helyre. Gyanús volt nekik, hogy a földút kezdeténél félre volt lökve a hosszú farönk, pedig az addig mindig a helyén volt.

Végre befutott Vitalis doktor. Amint Jack meglátta, fütytyentett egyet.

– A mindenit! Az ügyeletes tiszt nem mondta, hogy nem operába kell menned?

Jessica felkacagott, ám a következő pillanatban komolyságot erőltetett magára. Lorenzo valóban a szokásosnál is elegánsabb, finom olasz öltönyben jelent meg. Elengedte a füle mellett a beszólást, Jessicát pedig még csak egy pillantásra sem méltatta.

Lorenzo leguggolt az áldozat mellé, olaszul káromkodott egy sort, majd megszólalt:

– Hogy pont most kellett iderángatni ehhez a szerencsétlenhez! Nyolckor randim lesz, de addig még rendbe akarom hozni magam.

Jack pötyögött valamit a telefonján, miközben fapofával megjegyezte:

– Miért, ki akarod sminkelni magad?

– Hé, valami bajod van velem?

Jessica megelégelte ezt az értelmetlen szócsatát. Megköszörülte a torkát, és megkérdezte:

– Lehet tudni a halál okát?

Lorenzo felállt, és Jackre nézve válaszolt:

– Lehetett a vérveszteség miatt, de akár az égési sérülés okozta sokktól is. Ha alaposabban megvizsgáltam, többet tudok mondani.

Lorenzo után a két nyomozó is elindult a kapitányságra, hogy kiderítsék, ki lehetett az áldozat. A nyomozók szakképzettsége és szimata, valamint a rendkívül fejlett technikai háttér mellé néha jól jött a szerencse is. A szeméttelepen talált áldozat ujjlenyomatai alapján rögtön kidobta a rendszer a találatot: Martin Lewis.

A halálát megelőző hónapban történt, hogy reggel félreállt az Audijával egy óvoda előtti parkolóban. Egy járőr szúrta ki, hogy a sofőr a volánra borulva ül az autójában. Hamar kiderült, hogy a vezető „elgyengülését" nem csekély mennyiségű alkohol okozta. A szendergésében megzavart sofőr igen morcos lehetett, ugyanis az intézkedő rendőröket válogatott, ocsmány szitkokkal árasztotta el, amely gesztus nyilván nem javított a helyzetén. Jessica az asztalánál ült, és máris megkezdte a munkát a jelentésén. Szerette frissen rögzíteni a dolgokat, bár rendkívül éles memóriája eddig még soha nem hagyta cserben. Nem haladt sokat a munkájában, mert Jack lendületes léptekkel mellette termett, egy nyomtatott A/4-es lapot lobogtatva kezében. Vigyorogva szólalt meg.

– Gyere, csajszi! Elviszlek egy puccos étterembe.

Jessica elég jó viszonyban volt a társával ahhoz, hogy megengedje neki ezt a megszólítást. Rámosolygott a férfira, felállt, és a kijárat felé indult.

– Nem félsz, hogy méregdrága pezsgőt fogok vedelni egész este? Jack felnevetett.

– Bárcsak végre beadnád a derekad, és sor kerülne egy romantikus vacsorára.

Jessica nem tudta, hogy ezt mennyire gondolta komolyan a társa. Aztán magában csak legyintett. Már két éve dolgoztak együtt, mindketten profik, különben pedig fél éve sincs, hogy Jack elvált a feleségétől. Bár, az utóbbi hetekben mintha egyre sűrűbben ejtene el kétértelmű megjegyzéseket.

Jack valóban komolyan gondolta a dolgot: tényleg egy puccos étterembe mentek. Itt dolgozott az áldozat, mint főszakács. Szerencsére még a csúcsidő előtt érkeztek, így viszonylag nyugodtan tudtak beszélni a szakács közvetlen kollégáival. Az egyik konyhai kisegítőnek igen érdekes észrevételei voltak főnökével kapcsolatban.

– Én mondom maguknak, valami nem stimmelt a fickóval – kezdett bele a történetbe a húszas éveiben járó srác, aki csípőjével lazán az egyik pultnak támaszkodott, közben pedig irritálóan hangosan rágózott. Karba fonta a kezét. Mindkét alkarja tele volt tetoválással, de még a nyakán is ott virított egy kígyó, amely éppen bele akart marni a bal fülébe. Jack elővette mobilját, és megnyitotta benne a jegyzettömböt. Szerette bepötyögni a fontosabb részleteket – vagy az esetlegesen felmerülő kérdéseket, amelyeken később rágódhatott. A srácból csak úgy ömlött a szó.

– A múltkor is láttam, hogy fogja a bárdot, és vígan fütyörészve csapja le csóri homárok lábait. Máskor meg éppen azt sasoltam végig, hogy az egyik hal, amelyik valami csoda folytán nem döglötten érkezett, elkezdett ficánkolni. Erre a tag fogta, és káromkodva háromszor a vágódeszkához csapta, de brutál erősen ám. Ember! Hirtelen valahogy nem mertem tovább skubizni azt a szadista állatot. Én mondom, dühkitörési problémái voltak.

Jack vadul nyomkodta a telefonját.

– Értem. Tud esetleg valakit, akinek vitája volt az áldozattal?

A kölyök felnevetett.

– Hogy tudok-e? Ha listát kellene írnom, körmölhetnék reggelig. A fazon minden átkozott munkanapon hajba kapott valamelyik dolgozóval. Ritka bunkó módon beszélt mindenkivel. Tűrhetetlenül alpári módon. Szóval, ja. Mindegyikünk a pokolba kívánta.

Jessica eközben egy bájos, fiatal és törékeny pincérnőt kérdezett ki.

– Meg tudna nevezni bárkit, akiről elképzelhetőnek tartja, hogy végzett az áldozattal?

A pincérnő habozás nélkül vágta rá:

– Persze! Én magamat. Az a szörnyeteg egyszer felrúgott egy ártatlan kóbor rókát, amelyik a hátsó bejáratnál szaglászott a szemetes konténerek között.

Jessica hűvösen pillantott a nőre.

– Ezzel ne vicceljen, kérem. Gyilkosságról van szó.

– Jaj, bocsánat! Igaz. De akkor is örülök, hogy valaki megszabadította a világot ettől a gonosz embertől. Bár még embernek sem szívesen nevezném.

– Mikor látta őt utoljára?

A nő egy pillanatra elgondolkodott.

– Lássuk csak! Múlt szombaton. Kora reggel, mielőtt leadtuk a műszakot.

– És az áldozat vajon egyenesen hazament?

– Á, dehogy! Híres volt arról, hogy munka után ivott. Vagy itt a bárban, vagy az egyik közeli helyen, ahol nőket is felszedhetett.

– Egyedül élt?

A pincérnő gúnyosan elhúzta a száját.

– Hiszen ki viselne el egy ilyen beképzelt bunkót?

Miután Jessica és Jack végzett az étteremben, kocsiba szálltak, és elindultak abba a bárba, ahová szombat reggel indult az áldozat.

– Megtudtál valami érdemlegeset? – kérdezte Jessica.

Jack vállat vont.

– Hacsak nem azt, hogy rendszeresen eljárt gyúrni.

A bárban már kicsit több információhoz jutottak. A mixer egy feltűnően vonzó nő társaságában látta az áldozatot. A nő alkoholmentes koktélokat ivott, a fickó viszont alaposan felöntött a garatra, ám ez mégsem akadályozta meg abban, hogy volán mögé üljön. Még vitatkozott is a nővel, amiért az nem volt hajlandó beülni mellé. A fickó lekurvázta, káromkodott még egy sort, aztán elhajtott.

Jessica ridegen megjegyezte:

– Hívhatta volna a rendőrséget, amikor látta, hogy a pasas részegen fog vezetni.

A mixer higgadtan válaszolt.

– Hölgyem! Ennyi erővel az egész műszakom alatt telefonálgathatnék. Különben sem vagyok bébicsősz. Keményen melózom. Miért nem állít egy zsarut a bejárathoz?

Jessica elhúzta a száját, de inkább nem tett megjegyzést a fickó pökhendisége miatt.

Az áldozatot tehát valószínűleg úton hazafelé kapták el. A kocsija a ház előtt parkol, sértetlenül, ezt már ellenőrizte az egyik kolléga. De vajon hol végeztek az áldozattal? Milyen eszközzel? És az ég szerelmére, miért pont úgy?

TESTVÉRI LÁTOGATÁS

SUZY MÁR VÁRTA, hogy kedvére kikutyázhassa magát. Sajnos csak ritkán találkozott a bátyjával, pedig ezek az alkalmak felértek egy terápiával. A nála töltött idő csodás feltöltődést nyújtott. Megérkezett Will lakásához, és becsengetett. Hallotta odabentről a kutya mancsainak dübögését a padlón, majd nyílt az ajtó.

– Caesar! Istenem, mennyire hiányoztál! Suzy ölelésre tárt karokkal guggolt le, a jószág pedig örömében majd' felborította az önfeledten kacagó nőt.

– Ha nem tudnám, hogy engem is legalább ennyire szeretsz, féltékeny lennék – köszöntötte húgát Will.

– Ha neked is ilyen selymes bundád lenne, téged ölelgetnélek meg előbb – kacsintott testvérére Suzy, majd belépett az ajtón. – Annyira jó nálad lenni! Érzem a túláradó pozitív energiákat – lelkendezett, miközben kibújt a kabátjából, amely alatt kedvenc „kutyázós" pulcsiját viselte. Azt, amelyiket nem sajnált, ha szőrös vagy nyálas lesz.

– Hogy vannak a zöldségeid? – érdeklődött Will.

– Spenót és Brokkoli? Köszi, jól! Az a cucc, amit legutóbb Helga adott, igazán jót tett velük. Még az étvágyuk is megnőtt.

– Szuper! Most lett kész a tea. Menj csak fel, amíg összekészítem az uzsit.

Uzsi. Caesar jól ismerte ezt a szót is. Lobogó fülekkel nyargalt fel a lépcsőn, amely egyenesen a tág és barátságos emeleti nappaliba vezetett.

– Ennyire ki vagy éhezve a kókuszos zabkekszre, hm? – kérdezte Suzy, amikor felért, majd jól megmoncsolta a vigyorgó kutya fülét.

Lehuppant kedvenc foteljébe, elégedetten felsóhajtott, és körülnézett.

A fotelen kívül egy kanapé és egy dohányzóasztal foglalta el a tér közepét. A lépcsővel szemközti ablakból kellemes kilátás nyílt a parkra, ahol Will a rendszeres reggeli futását végezte Caesarral. Az ablak előtt egy kis dolgozósarok kapott helyet. Mindössze egy íróasztal, rajta egy laptop és egy nyomtató alkotta a mini irodát. A helyiség legidillibb pontja pedig a kutya hatalmas fekhelye volt az íróasztal mellett, amelyből Caesar vigyorogva, nyelvét lógatva figyelte Suzyt.

A nő tekintete elérte a kutyát, majd fejét ingatva megszólalt:

– Komolyan mondom, több értelem és jóság sugárzik belőled, mint a legtöbb emberből.

A dicséretre Caesar még jobban elvigyorodott.

– Ennyire azért ne bízd el magad! Tudsz te dilinyós is lenni. A kutya megnyalta a száját, prüszkölt egyet, mint aki ezzel nem ért egyet, majd a mancsaira hajtotta busa fejét.

– Tudod te, miről beszélek. Miért kell mindent elásnod a kertben?

Caesar ártatlanul égnek emelte a tekintetét.

– A játékaidat még megértem. Na de a gazdi zokniját? Annyira büdösek, hogy el kellett temetned őket jó mélyre?

– Ezt hallottam ám!

Will éppen ekkor ért fel a lépcsőn, kezében hatalmas tálcát egyensúlyozva, amelyet óvatosan letett a dohányzóasztalra.

Mielőtt Suzy megszólalhatott volna, Caesar felugrott a helyéről, odaügetett az asztalhoz, megállt előtte, és alaposan beleszimatolt a levegőbe. Heves farkcsóválásba kezdett.

– Na, gyere, te éhenkórász!

Will a kutya fekhelye melletti fémtálba tett néhány szem kekszet, azután az asztalához ment, és kitöltötte a teákat. Az egyik csészét átnyújtotta húgának, majd a másik gőzölgő csészével a kezében elhelyezkedett a kanapén.

– Mikor beszéltél anyáékkal? – kérdezte.

– Múlt héten. Jól vannak – válaszolta Suzy, majd a teájába szürcsölt.

– És te? Veled minden rendben?

Suzy elmosolyodott.

– Annyira bírom benned, hogy mindig is az én aggódó nagytestvéremként viselkedsz. Igen, jól vagyok. A munkámat továbbra is élvezem. Pasim ugyan nincs, de majd lesz, ha eljön az ideje.

Elvett egy kekszet a tálcáról, és jóízűen majszolni kezdte.

– És most te jössz! Mi újság veled?

Will szégyenlősen lesütötte a szemét.

– Nem sok. Van egy nő, aki tetszik.

– Mesélj! – biztatta húga.

– Á, ez még hónapokkal ezelőtt volt. Bejött egy nő a macskájával. Szegény úgy aggódott érte.

– És milyen? – sürgette bátyját Suzy.

– Hosszú, vörös bundája van, és... most meg mit nevetsz?

– A nő milyen?

– Ja! Hát... csodaszép.

– Azt mindjárt gondoltam – sóhajtott fel Suzy. – Egyértelmű, hogy hozzád egy gyönyörű nő illik! De részleteket akarok – kortyolt bele teájába.

– Ahh, a nők mindig részleteket akarnak! – forgatta a szemét Will. – Oké! Magas, és feltűnően csinos. Olyan, mint egy fitnessmodell. Fekete, göndör haja van, és ahogy kétségbeesve nézett rám azokkal az észbontóan kék szemekkel! – A férfi sóhajtott egy nagyot.

– A macskáját nem Tornádónak hívják véletlenül?

– De – pislogott Will döbbenten. – Honnan tudod?

– Hát már el is felejtetted, hogy Helga mutatott be minket egymásnak? Csak azt ne mondd, hogy meg sem próbáltad elhívni randira!

– Jesszus, ne vágj ilyen szigorú képet! – mentegetőzött Will. – Én csak... nem is tudom. Nem mertem.

– Kár! – válaszolta Suzy lebiggyedt szájjal. – Egyébként ő a személyi edzőm.

– Mi van? Te eljársz edzeni? – csodálkozott a férfi.

– Ó, ez ennyire hihetetlen? Igen, most már odafigyelek magamra.

– Látom – jegyezte meg Will vigyorogva, miközben a húga kezében lévő kekszre mutatott.

– Jó, hát némi bűnözés azért belefér. Szóval, mikor hívod el randira Julie-t?

Will félrenyelte a teáját, és fuldokolva köhögni kezdett. Suzy odaugrott, és ütögetni kezdte a hátát. Caesar izgatottan előjött a tálkája mellől. Megállt gazdája előtt, rámeredt, és félig nyitott szájjal egy óriásit böfögött.

– Szép volt, haver! – nézett rá Will komolyan, felemelt hüvelykujjal.

Pár pillanat múlva abbamaradt a köhögése. Megköszörülte a torkát, és csak ennyit válaszolt:

– Mondtam már! Nem merem.

– Pedig biztosan nem mondana nemet. Véletlenül elszólta magát, hogy bejössz neki.

Willnek felcsillant a szeme.

– Tényleg? Hm... Nem lehet, hogy a te híres újságíró vénáddal esetleg kombinálni próbálsz?

Suzy tettetett sértődöttséggel válaszolt:

– Hiszen pont az a munkám lényege, hogy közöljem a valós tényeket! De ha elárulod neki, hogy én biztattalak, nekem végem.

– Hallgatok, mint a sír.

A két testvér kicsit még beszélgetett, aztán Suzy szedelőzködni kezdett. Búcsúzóul még egyszer jól megmoncsolta Caesart, bátyját pedig szorosan átölelte.

Kilépett az ajtón, és elmosolyodott. Még a végén ő és Julie sógornők lesznek. De szép is lenne!

KÉT NEHÉZ ESET

HIÁBA RAGYOGOTT ODAKINT A NAP, meleg sugarai nem voltak képesek enyhíteni a Helga szívében lévő dermesztő hideget. A nő tisztában volt azzal, hogy túlságosan a lelkére veszi, ha valaki rosszul bánik az állatokkal, mégsem tudott úrrá lenni feltörő indulatain.

Aznap reggel különleges esettel volt dolguk. Egy fiatal egyetemista srác kért tőlük segítséget. Előző nap fogadta be a kolesz udvarán csöveskedő hófehér cicát, és feltűnt neki, hogy furcsán jár. Dülöngélve. Vagy mint akinek égeti a mancsát a talaj. Will megvizsgálta az állatot, és Helgára nézett. Úgy tűnt, hezitál. Ismerte jól az asszisztensét. Nem akarta elrontani a kedvét.

– Attól tartok, nem tudunk segíteni a macskádon – fordult Will a srác felé.

– Meg fog halni? – kerekedett el az újdonsült gazdi szeme.

– Nem, dehogy! – simított végig Will a jószág bundáján. – Egészséges. Leszámítva, hogy eltávolították a karmait.

– Az összeset? – csodálkozott a fiú. – De hát miért?

– Nos, igen. Valószínűleg benti cica volt, és így akadályozták meg, hogy kaparja a bútorokat.

– És a gazdája kitépte a körmeit?! – hűlt el a diák, majd gyengéden az ölébe vette a megszeppent jószágot, és simogatni kezdte. A cica nyugodtan dorombolt karjaiban.

Helga sajnos nem bírta tovább türtőztetni magát. A monitor előtti széken ült karba font kézzel, kipirult arccal, összeráncolt szemöldökkel.

– Nem, hanem az a szemét gazdája elvitte egy még szemetebb állatorvoshoz, aki jó pénzért elvégezte ezt a kegyetlen műveletet.

Will próbálta menteni a helyzetet.

– Helga, megtennéd kérlek, hogy előkészülsz az ivartalanításhoz?

A nő vette a lapot, a műtő felé tartva mégis tovább mondta a magáét:

– Az ilyennek letépném a körmeit, és azon mulatnék, hogy „lekaptam a tíz körméről".

Joe eddig csendben dolgozott a gyógyszeres szekrény előtt állva. Éppen az aznapi rendeléseket ellenőrizte. Most azonban hangosan felnevetett.

Will égnek emelte tekintetét, és széttárta a karját.

– Most mit csináljak? Kiváló asszisztens, de túlteng benne az állatok iránti empátia. – Megvakargatta a macska füle tövét, és folytatta. – Sajnos azonban valóban gond, ha elvégeznek az állaton egy ilyen műtétet. Előfordul, hogy a sebész túl sok szövetet távolít el a beavatkozás során. Ilyenkor sérülhet a második ujjperc csontja, ami miatt örökké fájdalmas lesz a cicának a járás. És persze a fertőzésveszély sem elhanyagolható.

– Ezek szerint nem sokat tehetünk érte.

– Attól tartok.

Az egyetemista sóhajtott egyet, majd fejével a műtő ajtaja felé intett, miközben suttogva közelebb hajolt Willhez.

– Hé! Maga szerint lenne esélyem nála?

– Á, felejtsd el! Nem a férfiak felé húz a szíve.

– Ó! Kár – szontyolodott el a fiú. – Mivel tartozom, doktor úr?

– A vizsgálat nem került semmibe, de ha bármi adódna, fordulj hozzánk bizalommal.

– Úgy lesz. És kösz!

Miután a diák távozott cicájával, Helga bűnbánó arccal előjött a műtőből.

– Bocs, főnök! Már megint cserben hagyott az önuralmam.

– Hát, szerencséd, hogy bejöttél a srácnak. Egyébként tényleg nem szép, ha így nyilvánulsz meg a gazdik előtt.

Helga már bánta, hogy ennyire kifakadt. Viszont szívből utálta és megvetette azokat, akik fájdalmat okoztak szegény védtelen állatoknak. És továbbra is szentül hitte, hogy ha a keze közé kaparintana egy állatkínzót, nem bánna vele kesztyűs kézzel.

Ráadásul ez az eset nem volt elég arra a napra!

Ebédjük felénél járhattak, amikor látták a monitoron, hogy nyílik a rendelő ajtaja.

- Hahó, jó napot! Segítsenek, kérem! – hallottak egy sürgető női hangot.

Mindhárman az előtérbe siettek, ahol egy középkorú, őszes hajú, kicsit molett hölgy állt, karjában egy keverék kiskutyával. Körülötte a földön vércseppek.

– Erre jöjjön – mutatott Helga a vizsgáló felé. A nő letette szegény reszkető állatot az asztalra, és hadarva beszélni kezdett.

– A lányomhoz indultam vidékre a hétvégére. Már épp elhagytam Ealinget, amikor az út szélén megláttam valami fekete-fehér csomót. Ő volt az – simított végig könnyes szemmel a kutya oldalán. – Így hagyták ott az út szélén. Hát ember az ilyen? – Istenem! – szakadt ki Joe-ból. Sok mindent látott már, de ilyen csúnya sebeket még soha. Egy nagyot fújva csóválta meg a fejét.

A kutya hátsó lábairól teljesen eltűntek a tappancsok. A helyükön véres csonk fityegett.

– Valószínűleg kocsi után kötötték, és úgy vonszolták – szólalt meg Will, miközben óvatosan megvizsgálta a halkan nyüszítő állat lábait. – Joe, kérlek, vidd át a műtőbe. Mentem, ami még menthető. Köszönjük, hogy behozta, hölgyem, innentől ránk bízhatja.

– És utána mi lesz vele, doktor úr? – kérdezte a molett hölgy, szemében őszinte aggodalommal.

– Keresünk neki egy ideiglenes gazdit, amíg nem találjuk meg új otthonát.

– Ó, ez remek! Tudja, én csak megtaláltam, nem vállalhatom magamra, hogy...

– Nyugodjon meg, most már jó helyen van – szólalt meg Helga, miközben kezét a nő karjára tette. – Mindent megteszünk majd, hogy rendbehozzuk, és azután sikeresen gazdásítsuk. Köszönjük, hogy behozta!

– Jó, rendben van. Isten áldja meg magukat, és ezt a szegény kutyust is.

Will is elköszönt a kedves hölgytől. Közben Helga már elő is készítette a műtéthez szükséges dolgokat. Óvatosan megmérte az állatot, hogy az orvos tudja, mennyi altatót lehet neki adni, majd az infúziót is elrendezte a műtőasztal mellett. Amint a hölgy elment, hangot adott véleményének.

– Csak tudnám, ki tette ezt szegénykével! A farkánál fogva kötném a kocsim után, és úgy vonszolnám végig az úton, amíg meg nem döglik!

– És ha nő tette? – próbálta kizökkenteni indulatossá vált segítőjét Will, miközben várta, hogy hasson az altató.

– Ilyet egy nő tuti nem tesz! – villantotta rá mérgesen a szemét Helga.

– Joe, szeretném, ha segítenél nekem a műtétnél. Helga, tedd meg, kérlek, hogy szólsz az ivartalanításra váró kutya gazdájának, hogy csúszunk egy félórát. Kínáld meg kávéval. És a gyógyszerrendelés ellenőrzését is befejezheted.

Helga szó nélkül ment ki a műtőből.

Will meg sem próbált szóba elegyedni mindig szűkszavú asszisztensével, meglepetésére azonban Joe magától szólalt meg.

– Én mondom, az ilyen szadistáknak semmi keresnivalójuk ezen a Földön.

Egyik kezével gyengéden simogatta az állat oldalát, azonban Will látta, hogy milyen erősen szorítja össze állkapcsát, miközben másik keze ökölbe szorul.

PILLANGÓK KÖZÖTT

TÚL KORÁN VOLT MÉG AHHOZ, hogy a szakács szomszédainál kérdezősködjenek arról, észlelt-e bármelyikük valami szokatlant. A számítógépes rendszert átnézve azonban kiderült, hogy az áldozatnak az Audiján kívül nem volt vagyontárgya, nem volt megtakarítása sem. Jól keresett ugyan, de a fizetése jelentős részét elszórta a bárokban, és prostikra költötte. Jessica az asztalánál ült, könyökével a térdeire támaszkodott, és a homlokát dörzsölgette. Próbálta rendszerezni a fejében kavargó adatokat.

– Gyere, csajszi, ideje bekapnod valamit – hallotta Jack dörmögős mackóhangját, és felpillantva látta, hogy fölötte tornyosul. Akár szexuális zaklatásnak is vehette volna társa megjegyzését, ha nem ismerte volna őt olyan jól. Ártatlan kis szójátékokkal szórakozott folyton. Jessica pedig nem vette a lelkére.

– Oké, nagyfiú, repíts el az élvezetek birodalmába, és vigyél egy olyan helyre, ahol hatalmas és kemény répákat tehetek a számba. De most rögtön!

Jack felnevetett, és megindult az ajtó felé. Jessica észrevette, hogy a másik asztalnál ülő nyomozó kajánul vigyorog rá.

– Mi van? – nézett rá értetlenül.

– Ja, semmi, semmi – fordult vissza a férfi a monitorjához.

Jessica vállat vont, felállt, és társa után indult.

– Hová megyünk? – kérdezte, miután beült az anyósülésre.

– Most beszéltem egy prostival, aki épp itt dekkol őrizetben. Szegénykének volt dolga a szakáccsal.

– Hogy érted, hogy szegénykének?

– Az a szemét fojtogatta menet közben, a végén pedig megverte.

– Úristen! – szakadt ki Jessicából. Egyikük sem rajongott ugyan az éjszakai pillangókért, azt viszont még ők is nehezen tolerálták, ha erőszakosan bántak velük.

Jack társára sandított.

– Tudod, hogy ezt mennyire nem csipázzák a stricik. Szerintük csak nekik van joguk bántalmazni a nőiket.

– Gondolod, hogy az egyik futtatónak eldurrant az agya, és bosszúból kicsinálta a fickót?

Jack vállat vont.

– Nem is tudom. A módszerrel van gondom. Egy strici egyszerűen péppé verte volna a fazont. Nem trancsírozta volna így fel. Megérkeztek egy olyan negyedhez, ahol még egy ártatlanul őgyelgő turista is két lépés után utcalányba botlott volna. Jack egy éjjel-nappali bolt előtt a járdaszegélyhez kanyarodott, leállította a motort, és kiszállt. Társával két különböző irányba indultak el.

Jack határozott léptekkel odament egy hosszú, vörös hajú, miniszoknyás lányhoz. Bár, elnézve a szoknya hosszát, inkább talán övnek kellett volna nevezni az ezüstszínű ruhadarabot. A lány hozzásimult, és lábujjhegyre ágaskodva a fülébe búgta:

– Szia, te szép szál csődör! Segíthetek valamiben?

– Feltennék néhány kérdést – ezzel Jack lerázta magáról a nőt, és felvillantotta jelvényét. A lánynak rémület futott át az arcán.

– Nyugi, nem veled van bajom. De ha segíteni akarsz, mondj el mindent arról a tagról, aki múltkor megverte a barátnődet.

A lánynak harag gyúlt a szemében.

– Az a szemét tetű! – majd a földre köpött. – Ricardo megesküdött, hogy a szart is kiveri belőle, ha egyszer elkapja.

– Hol találom Ricardót?

A lány elvigyorodott.

– A hullaházban. Lepuffantották, éppen aznap éjjel, amikor ez a szomorú eset történt. Nemigen volt alkalma bosszút állni a fickón.

A lány tovább vihogott. Jack nem tudta eldönteni, vajon azért, mert be van lőve, vagy mert ennyire örül a futtatója halálának. Megfordult, a kocsijához indult, de a válla fölött még hátraszólt:

– Kösz! És ha lehet, vigyázz magadra!

Közben Jessica is elindult kérdezősködni. Amikor visszatért, megtárgyalták, ki mire jutott. Kettőjük közül Jessica volt az, aki semmi érdemlegeset nem tudott meg.

– Mivel én hatékonyabb voltam, ezért te fizeted a reggelit – incselkedett vele Jack. Jessica felsóhajtott, majd legyintett egyet.

– Hát jó. De akkor oda megyünk, ahová én mondom.

– Oksa – kacsintott rá társa, miközben lendületesen rákanyarodott az útra.

MŰTÉT EGY SZÜRKE NAPON

NAPOK ÓTA SZEMERKÉLT AZ ESŐ. A kövér, szürke felhők úgy jöttek-mentek az égen, mint egy koszos, megriadt birkanyáj tagjai. A reggeli órákban a szmogtól átitatott köd nem csak a látást nehezítette meg az emberek számára, de szívükre is súlyos teherként telepedett. Ez a borús hangulat adta az alapot az aznap délelőtti műtéthez. Az út szélén megtalált sérült keverék kutyus szépen gyógyulgatott, testileg-lelkileg egyaránt. Három héttel azelőtt vitte be őt az a kedves molett hölgy. A jószág két hátsó lába menthetetlenül roncsolódott ugyan, ám – köszönhetően Will szakértelmének és odaadó gondoskodásának – biztosra vehető volt, hogy az állat ismét képes lesz járni. Még ha sántítva is.

Szegény jószág lelke talán még a lábainál is jobban sérült, azon viszont jelentős mértékben tudott segíteni Caesar. Már az első perctől gyengéden közelített ebtársához. Figyelte minden mozdulatát. Ha kellett, orrával böködve bátorította, hogy egyen nyugodtan a tálkájából, és óvón követte az új jövevény minden mozdulatát. Még az udvarra kivezető csapóajtót is megmutatta neki, jelezve, hogy odakint nyugodtan elvégezheti majd a dolgát.

Aznap Will egy korrekciós beavatkozást hajtott végre az állaton. A csonkolt mancsokon lévő, újonnan kinőtt bőrrel foglalkozott, miközben óhatatlanul is arra gondolt, milyen csodálatos módon tud regenerálódni egy sérült végtag. Jó esély volt rá, hogy ez a jószág teljes életet tud majd élni.

Miután a kutya kijött az altatásból, zavart és rémült volt. Will Caesar kenneljében helyezte el, és csodálattal telve nézte, ahogy kutyája rögtön pártfogásába veszi.

A lábadozó eb mindig a lehető legtávolabb húzódott az emberektől. Caesar folyamatos közelségét viszont jól tűrte. Miután Will rendelőjébe került, egy hét elteltével még az állandósult reszketése is abbamaradt.

61

Will minőségi eledellel táplálta a kutyákat, ezenfelül a kis páciensnek vitaminkoktélt és erősítő injekciókat is adott. A szakszerű és szeretetteljes kezelés hatására az azelőtt csontbőr állat szépen kigömbölyödött. Szőre csillogóvá, bundája tömöttebbé vált, és a lábain lévő sebek is meglepően gyorsan gyógyultak.

Will néhány nap elteltével elérkezettnek látta az időt egy újabb beavatkozásra. Ivartalanítani akarta a sérült szukát. Joe-val előkészültek a műtéthez. Minden a legnagyobb rendben ment, egészen a feltárásig. Amit a két férfi szegény állat ivarszervein látott, az elkeserítette őket. Will szomorúan felsóhajtott.

– Szerencsétlen jószág! Totálisan kizsigerelték. Tenyészállatnak használták. – Látta, hogy asszisztense keze ökölbe szorul. – Felesleges ivartalanítani. Képtelen lenne kihordani akár egyetlen utódot is. Azért megpróbálom a csúnya belső sebeket lekezelni.

– Úristen, micsoda fájdalmai lehettek szegénykének állandóan – simított végig az alvó állat fején Joe.

– Most már rendben lesz.

– Nem, ez így nagyon nincs rendben.

Will asszisztensére pillantott, de ő csak állt a műtőasztal fölött összeszorított szájjal, tovább simogatva az alvó jószágot. Will megpróbálta oldani kicsit a borús hangulatot.

– Hétvégén Gordonnal csapunk egy kocsmatúrát. Van kedved csatlakozni?

– Kösz, nem! Elő kell készítenem a helyet a kutyámnak.

Will éppen az öltéseken dolgozott a hasfal lezárásához, de megállt a keze a levegőben.

– Nem is mondtad, hogy örökbe fogadsz egy kutyát.

– Ja, eddig én sem tudtam. Ő lesz az – válaszolta Joe, a műtőasztalon fekvő jószág felé intve fejével.

– Remek! De arra azért készülj fel, hogy egy halmozottan sérült állatot készülsz magadhoz venni. A lelki sebei talán súlyosabbak, mint amit a teste szenvedett el.

– Nem lesz gond – állította Joe határozottan.

Will az orra alatt motyogva morfondírozott tovább.

– Amikor először megláttam szegénykét, vérrel borítva, megfordult a fejemben, hogy talán humánusabb lenne elaltatni.

– Még szerencse, hogy nem Helgával műtesz. Ha ezt ő meghallja, tuti kinyír.

A SPONTÁN RANDI

JULIE MINDIG IS SZERETTE a szülinapját. Még felnőtt fejjel is izgatottan várta. Aznap estére Suzyval tervezett programot. Világoskék, szűk farmert húzott. Karcsú derekát fekete övvel hangsúlyozta. Némi töprengés után az egyik vállfáról leakasztott egy felsőt, amely láttatni engedte lapos hasát, mégsem volt közönségesen rövid. A blúz halvány barackszíne jótékonyan kiemelte kreol bőrét. Dekoltázsára egy aranyláncon csimpaszkodó, orángután formájú ékszerrel hívta fel a figyelmet, másik ékszere pedig igézően gyűrűző haja volt, amelyet hagyott szabadon a vállára omlani. Végül nappali sminkjéből ügyesen esti sminket varázsolt. Felhúzta sötétkék magassarkúját, és elindult Suzyhoz.

Előzőleg megbeszélték, hogy mielőtt elindulnának este a bárba, felugrik hozzá, és bekapnak nála pár falatot. Arra számított, hogy barátnője készül valami harapnivalóval.

Suzy ragyogó arccal nyitott ajtót.

– Ahh, végre itt vagy! Ha tudnád, mennyire vártam már ezt az estét! Egész héten ez tartott életben – ezzel beinvitálta Julie-t kicsiny lakásába. Bő szárú, csinos szabású fekete nadrágot viselt olyan felsővel, ami nem engedte láttatni a deréktájon húzódó feleslegét, dekoltázsát azonban szépen kiemelte.

Julie kíváncsian nézett szét a lakásban. Mindenhol könyvek és folyóiratok hevertek. Az előtérben, a nappaliban, az étkezősarokban, de még a konyhában is.

– Látom, szeretsz olvasni – jegyezte meg, miközben a kezébe vett egy magazint és belelapozott.

Suzy csak széttárta a karjait, majd leültette barátnőjét a konyhaasztalhoz, és ragyogó arccal közölte vele:

– Ezt főztem!

Közben pedig átnyújtott Julie-nak egy halom szórólapot különféle pizzériákból és gyorsétkezdékből. Julie meghökkenve nézett rá.

- Na, szép! Hát semmit nem tanultál tőlem az elmúlt időben?

Suzy elszontyolodott.

- Jaj istenem! Ne haragudj! Bongyor megint átíratott velem egy cikket, aminek ma volt a leadási határideje, és nem volt időm kajával készülni.

Suzy már-már könnybe lábadt szemmel kért bocsánatot barátnőjétől. Ő azonban nevetve ennyit mondott:

- Nem haragszom, te dilis! Na, nézzük! Honnan rendeljünk?

Kiválasztott egy lapot a halomból, kicsit tanulmányozta, majd vidáman kijelentette:

- Pizzát vacsorázunk!

Miközben a futárra vártak, Suzy körbevezette vendégét szerény kis fészkében. Első pillantásra valóban úgy tűnt, hogy csupa káosz az egész, de ha az ember figyelmesebben szemlélte a dolgokat, meglátta benne a rendszert.

Julie nem tudott kibújni a bőréből. Egyszerűen képtelen volt megállni, hogy meg ne igazítson egy-egy könyvet, amelyik túllóg a polcon, vagy nem párhuzamosan áll a többivel.

Végre befutott a rendelésük. Mialatt jóízűen megvacsoráztak, észrevétlenül el is fogyott egy üveg bor. A két nő feldobódott hangulatban indult neki az éjszakának.

Taxival mentek abba a bárba, amelyik az előző héten nyitott. Azt hallották róla, hogy – bár a neve talán nem ezt sugallja – rendkívül igényes hely, szuper zenével, és a hangerő is pont megfelelő ahhoz, hogy beszélgetni lehessen. Mármint ordibálás nélkül. A hely a *Sátortető* nevet viselte.

Odabent még volt néhány szabad asztal. A két nő olyat választott magának, amelyik kellő távolságra volt a hangfaltól, de megfelelően közel a mosdóhoz.

Tequilát rendeltek. A második körnél jártak, amikor Suzy nem bírta tovább.

- Julie, be kell vallanom neked valamit.

- Jaj ne! Ugye nem vagy leszbi? – kérdezte vigyorogva barátnője.

- Dehogy! Nem! Hogy jut ilyen az eszedbe? Szóval, az van, hogy tetszel a bátyámnak! Tessék, kimondtam. Ha megtudná, hogy elárultam, kitekerné a nyakam.

Julie a nyakában függő medáljához kapott, és szórakozottan babrált vele, mintha attól várna valamiféle választ. Felkapta poharát, kiitta maradék italát, ám az utolsó kortynál félrenyelt, és köhögni kezdett.

Suzy kajánul elvigyorodott.

– Tudtam én, hogy neked is tetszik!

A köhögés csillapodott. Julie ismét meg tudott szólalni.

– Én mondom neked, ha ezt el mered árulni Willnek, megtapasztalod, milyen erős egy edzőterem vezetője!

Barátnője az alkoholtól felbátorodva szemtelenül csak ennyit válaszolt:

– Ha tényleg annyira erős vagy, tedd már meg légyszi, hogy idecipelsz még két pohár Tequilát.

Julie túljátszott sértődöttséggel riposztolt:

– Persze, a szülinapos menjen italokért! – majd elindult a pult felé.

Suzy a barátnőjét nézte, aki természetes kecsességgel szlalomozott az asztalok között. Nem csoda, ha a férfiak utánafordultak. Még azok is, akik a partnerükkel voltak ott. Suzy mégsem irigységet érzett, inkább csodálatot. Julie-t a példaképének tartotta. Ő is olyan akart lenni, mint ő. Elszánt, kitartó, és céltudatos. Julie valóban keményen megdolgozott az alakjáért, amelyre joggal volt büszke. Szerette is hangsúlyozni tökéletes, feszes idomait.

A harmadik körnél tartottak. A vacsora mellé lecsúszott bor után ez megtette a hatását. Julie-ból kibújt az a téma, amely az utóbbi néhány évben állandóan ott bujkált tudatalattijában.

– Volt egy srác, akivel néhány hónapig jártam. Egyszer mesélt nekem a kutyájukról. Huszonhárom évig élt velük, láncra verve. Egy nap megvakult szegény. A srác apjának pedig az volt a szórakozása, hogy elengedte szerencsétlen állatot, és miközben a teraszon sörözgetett, azon röhögött, hogy az állat mindennek nekimegy az udvaron.

Julie keresztbe vetette lábait, és maga elé meredve, összeszűkült szemekkel folytatta.

– Az ilyennel ugyanazt csinálnám. Hosszú évekig fogságban tartanám a nyomorultat, kinyomnám a szemét, aztán elengedném, és a tequilámat szürcsölgetve azon mulatnék, hogy mindennek nekimegy.

– Azért lehetne ezt még fokozni – kapcsolódott be az ábrándozásba Suzy. – Mondjuk egy akadálypályára terelni a mocskot, ahol csúnyán összetörheti magát.

Julie ránézett barátnőjére, elvigyorodott, majd lazán széttárta a karjait, és csak ennyit mondott:

– Na, de a való életben sajnos nem tehetünk ilyesmit, nem igaz?

Ábrándozásukból az zökkentette ki őket, hogy Will lépett az asztalukhoz, egy számukra idegen férfi társaságában. Suzynak felragyogott az arca, felpattant, és bátyja nyakába borult.

– Will, de jó, hogy itt vagy!

Kibontakozott az ölelésből, Julie-ra nézett, és ártatlanul megjegyezte:

– Esküszöm, nem én szerveztem úgy, hogy a bátyám is eljöjjön.

Julie halványan elpirult. Will Anspah doktort a munkatársaként és barátjaként mutatta be. Suzynak felcsillant a szeme.

– Hiszen téged jóformán ismerlek! Will rengeteget mesélt rólad, amíg az egyetemre járt.

– Na, ezt örömmel hallom – válaszolta Gordon. – Téged viszont meg sem említett. Azt sem tudtam, hogy van egy húga.

– Hé, ez azért nem volt szép! – méltatlankodott Will. – Ugye tudod, hogy ezért a hazugságért te fizeted a következő kört? Már ha a hölgyek elfogadják a meghívást – ezzel Julie-ra tekintett, megerősítésre várva.

– Persze, üljetek csak le – és Willre villantott egy félszeg mosolyt. Gordon elindult az italokért. Suzy is leült, és kezét bátyja karjára téve megkérdezte:

– Hogyhogy ti is ide vetődtetek?

– Láttam Instán, hogy megnyitott ez az új hely. Kicsit nekünk puccos ugyan a kedvenc kocsmánkhoz képest, de kíváncsiak voltunk rá. És milyen jól tettük, hogy eljöttünk!

Az utolsó mondatot már Julie-hoz fordulva mondta.

– Mi is kíváncsiak voltunk rá – nézett körül Julie, szórakozottan forgatva üres tequilás poharát. Észre sem vette, de felsőtestével ütemesen ringatózott a lüktető zenére. Will rajta felejtette a szemét. Suzy eközben úgy tett, mint akinek más gondja sincs, mint azt stírölni, mikor érkeznek meg az újabb italok.

Gordon végre megjelent az asztalnál, egyik kezében két korsó sört, a másikban pedig egy tálcát egyensúlyozva, amelyen két pohár tequila és különféle sós ropogtatnivalók voltak.

– Ahh, milyen figyelmes vagy! – csapott le a csemegékre Suzy. Rögtön a sózott pisztáciával kezdett. – Most mi van? – pillantott barátnőjére ártatlanul, aki felvont szemöldökkel, szigorúan nézett rá. – Megérdemlek egy kis jutalmat, nem? Hisz' olyan keményen dolgoztam az elmúlt hónapokban. Ami, ugye, meg is látszik rajtam! – húzta ki magát büszkén és elégedetten.

Julie kuncogott egy jót, majd a társaság férfitagjaihoz fordult.

– Látjátok? A rendszeres edzés újabb pozitív előnye a megnövekedett önbizalom.

Ahogy az este észrevétlenül haladt előre, Suzy valóban egyre nagyobb önbizalomra tett szert – az elfogyasztott alkohol mennyiségével egyenes arányban. Az pedig külön tetszett neki, hogy végre van kivel szócsatát vívnia.

– Nem félsz, hogy túl izmos leszel? – kérdezte nevetve Gordon.

– Kihez képest? Hozzád? De!

Gordon töretlen jókedvvel incselkedett tovább.

– Ha így néznék ki, nem edzenék ennyit.

– Ha nem edzenék ennyit, úgy néznék ki, mint te – kontrázott Suzy vigyorogva. – Na, örülök, hogy ezt megbeszéltük. De nézd már, kiürült a poharam.

Az este további része remek hangulatban telt. Gordon sokat mesélt állatorvosi gyakorlatáról, amely alatt csupa különleges és szívet melengető esettel találkozott. Elmondása szerint, amikor még zöldfülű volt, zavarában sokszor azt sem tudta, hol van az állat feje, és hol a farka. Már-már túlzóan kifigurázva mesélt régi önmagáról. A társaság tagjai jókat derültek anekdotáin, amelyhez igen szórakoztató előadásmód társult. Suzy olyan önfeledten kacagott, hogy véletlenül leborította az egyik tálkát, amelyben sós mogyoró volt. Szerencsére nem tört el az üveg. Lehajolt érte, hogy felvegye, és ekkor látta meg, hogy az asztal alatt Julie és Will keze egymásra talált.

EGY ÁLLATORVOS CSÚF HALÁLA

EGY HÓNAP SEM TELT el a szakács földi maradványainak megtalálása óta, amikor a nyomozópárosnak újabb esetet osztottak ki.

Aznapra egy állatorvos holtteste jutott, amit az egyik elhagyatott erdő szélén találtak, Ealingtől húsz kilométerre. A ruhái mellette hevertek, az iratai pedig az áldozat nadrágzsebében lapultak. Úgy tűnt, a gyilkosnak nem volt fontos megnehezíteni az azonosítást. Az áldozatnak átvágták a torkát, de ezenfelül valami szörnyen bizarr dolgot is tettek vele.

Jessica és Jack délelőtt ért a helyszínre. Sütött ugyan a nap, mégis olyan sokat hűlt a levegő az elmúlt napokban, hogy látszott a leheletük.

Vitalis doktor már a helyszínen volt, csinos kis nylon lábvédőjében. Hiába morgott érte folyton, előírás volt a viselése, nehogy akaratlanul is megsemmisítsék a nyomokat. Ugyanúgy a kesztyű is alapfelszerelés volt.

Egy fiatal, buzgó rendőr lépett Jack elé. A nyomozónak ismerős volt a srác arca. Biztosan összefutottak más esetnél is. A rendőr határozott hangon jelentette:

– Még folyik a nyombiztosítás, hadnagy úr, nem nyúltunk semmihez.

Jack megköszönte, és elindult társával az áldozat felé. Lorenzo már ott guggolt fölötte, és elmélyülten tanulmányozta. Miután észrevette őket, felállt, és izgatottan megszólalt:

– Nem fogjátok elhinni, mit műveltek vele!

A két nyomozó alaposan végigmérte a meztelen tetemet, egyelőre azonban semmi különöset nem láttak rajta. Leszámítva persze a torkán éktelenkedő mély vágásnyomot.

Az áldozat az ötvenes éveiben járhatott. Átlagos testalkatú volt, őszülő hajjal és kissé beesett arccal. Külsérelmi nyomok nem voltak láthatóak rajta.

– Szóval? – érdeklődött Jack.

Lorenzo egy kis hatásszünetet tartott. Vett egy mély lélegzetet, hangosan kifújta a levegőt, majd kibökte végre:

– Kiherélték. És nem vennék rá mérget, hogy a halála után tették ezt vele.

Jack felnyögött, majd akaratlanul hátrébb lépett egyet. Szörnyülködve kérdezte:

– Gondolod, hogy valami elcseszett elméjű feminista tette?

Lorenzo hűvösen megjegyezte.

– Ezt nektek kell kiderítenetek. Egyébként roppant kíváncsi vagyok a toxikológiai eredményre. Szúrásnyomot találtam az áldozat tarkóján.

Azzal elköszönt tőlük. A szenvedélyes együttlétük óta most először vetett egy futó pillantást Jessicára.

A nyomozópáros körbenézett a helyszínen, váltottak néhány szót a technikusokkal, majd azzal a fiatal rendőrrel is, aki először ért a helyszínre. Mielőtt Jack megszólalhatott volna, a rendőr máris belefogott a mondandójába. Enyhe tájszólása volt.

– Teljesen megdöbbentem, amikor megláttam az áldozatot. Látásból ismerem, mert gyakran járt a farmunkon. Tudják, az apám családi vállalkozásban vezet egy gazdaságot.

– Mivel foglalkoznak? – tért a lényegre Jack, miközben elővette telefonját, és megnyitotta a jegyzettömböt.

– Hát állatokkal. Tehenek, sertések, meg szárnyas jószágok. Nem nagy az állomány, de nem is kicsi.

Jessica felvonta a szemöldökét. Ez vajon mit jelenthetett... Azonban egészen másra volt kíváncsi.

– Mit tud az áldozatról?

– Eléggé magának való volt az ipse, csak a munkájának élt. Magán állatorvos volt, főleg a haszonállatok ellátásával foglalkozott. Amúgy elvált, és az egy szem gyereke valahol Európában csavarog.

– Mi volt a neve?

– Henry Woldorf.

Jack befejezte a pötyögést.

– Kösz! Ha még lesz kérdésünk, keresni fogjuk.

A kocsiban ülve Jack elgondolkodva megdörzsölte az állát, majd megkérdezte:

– Mit szólsz ahhoz, ha bekapunk valamit, mielőtt visszamegyünk a kapitányságra?

– Benne vagyok!

Egyik kedvenc önkiszolgáló ételbárjukba, az Abrakolóba mentek. Szerettek oda járni, mert a kaja mindig jó volt, viszonylag gyorsan haladt a sor, és miután fizettek, más gondjuk sem volt, mint elpusztítani a tálcájukon lévő ételt, aztán máris mehettek tovább.

Jack dupla adag sült krumplit kért marhapörkölttel, csípős szósszal, desszertnek pedig három banános-csokis keksztallért. Menüjét kólával tette teljessé. Jessica tofupörköltet választott zöldséges rizzsel, hozzá savanyút, édesség gyanánt pedig erdei gyümölcsös chia pudingot. Nem szeretett evés közben inni, mert azt figyelte meg, hogy nem tesz jót vele az emésztésének.

Miután leültek egy kétszemélyes sarokasztalhoz, Jack máris elkezdte műsorát.

– Hogy tudod megenni azt a nagy, kőkemény, földízű vackot? – bökött villájával társa tálkája felé, amelyben a szeletekre vágott ecetes céklák sorakoztak.

Jessica ártatlanul ránézett, beleszúrta egyikbe a villáját, majd megszólalt.

– Ez nem is kemény. És nem is nagy.

– S szólt a jó nő... – vágta rá Jack vigyorogva.

Jessica felnevetett.

– Hát ezt nem hiszem el! Te versenyt csinálsz ebből! Azt lesed, hogy melyik mondatomat tudod perverzzé tenni.

Ha őszinte akart lenni magához, be kellett látnia, mennyire tetszenek neki ezek a kétértelmű poénok. Két falat közt végül kibökte:

– Te igazi szellemi kielégülést nyújtasz nekem.

– Másmilyet is szívesen nyújtanék – válaszolta Jack a legtermészetesebb hangján.

Valami megmagyarázhatatlan oknál fogva Jessica kezéből kiesett a villa. Hangos csörömpöléssel landolt a padlón. Jessica lehajolt érte, gyorsan felkapta, és elindult a pulthoz egy másikért. Közben azon imádkozott, hogy mire visszaér az asztalhoz, elmúljon a pír az arcáról. Igyekezett hétköznapi dolgokra terelni a szót, ezért amikor ismét leült, társa kisfia felől érdeklődött.

– Még nem is mondtad, hogy tetszik Noah-nak a suli.

– Ó, hamar beilleszkedett a kissrác. Tudnád, milyen nagydumás! Még a tanítókat is leveszi a lábukról. Azt viszont a fene sem gondolta, hogy annyi kacatot kell venni egy elsőosztályosnak.

– Mármint tanfelszerelést – javította ki Jessica, és rákacsintott társára.

– Ja, azt. Még jó, hogy a Vörös Dög elintézte a bevásárlást.

Jessica tudta jól, hogy a Vörös Dög alatt Jack exnejét kell érteni. Hát igen, nem ment a legsimábban a válásuk.

– Értem én, hogy mély sebet hagyott benned a volt feleséged, de talán mégsem kellene róla így beszélned.

Jack morcosan pillantott fel rá tányérjából, ezért Jessica folytatta, bár nem tudta elrejteni mosolyát:

– Persze együttérzek veled, de ezt, mint vörös nő, kikérem magamnak!

Jack röviden felnevetett, ám utána komoly arccal hozzátette:

– Igen, te is vörös vagy, csakhogy nem dög, hanem inkább dögös.

Jessicának elkerekedett a szeme ettől az őszinte vallomástól. Fogalma sem volt, hogyan reagáljon. A helyzetet az mentette meg, hogy megszólalt Jack telefonja. A férfi ránézett a kijelzőre, elhúzta a száját, és mielőtt felvette volna, megjegyezte:

– Na tessék, kellett nekem az ördögöt festeni a falra.

Miután fogadta a hívást, felállt, és kiment az étterem elé. Jessica még az üvegfalon keresztül is hallotta, hogy veszekszik a volt nejével. Pedig az ablaktól távol volt az asztaluk.

Néhány perc múlva Jack komor arccal ült vissza. Eltolta magától a tálcáját.

– Elment az étvágyam.

Jessica inkább meg sem szólalt. Befejezte ebédjét, majd nekiindultak, hogy folytassák, ami mindkettőjüket igazán éltette: nyomozni a rosszfiúk után, hogy végül elkaphassák őket.

A MAJOMVILÁGBAN

WILL ÉS JULIE A SÁTORTETŐBEN eltöltött jó hangulatú este utáni hétvégére beszélt meg egy találkát. Julie már egészen fiatal korától rendkívül keményen dolgozott a céljaiért. Egy perc pihenést sem engedett meg magának. Ha nem a testét formálta vagy ügyfeleket edzett, akkor szellemi tevékenységet folytatott. Állandóan a kezében volt okostelefonja, hogy arról intézhesse az üzleti ügyeket, vagy kapcsolatokat építsen, terveket készítsen elő, projekteket rakjon össze. Úgy érezte, végre talán megengedhet magának egy teljes szabadnapot. Julie elegáns környéken lakott. A lakásával szemközti játszótéren hétvégente gyakori volt a gyerekzsivaj, ám ő teljes mértékben figyelmen kívül tudta hagyni a zajokat.

Will könnyedén talált parkolóhelyet; az utca teljes hosszában sorakozó fák lombjai alatt csak elvétve pihent egy-egy luxusautó. Néhány járókelő lézengett csak az utcán, ráérősen mentek úticéljuk felé. Will elhaladt egy ékszerüzlet és egy pékség mellett, majd befordult egy mellékutcába, ahol könnyedén rátalált a jellegzetes, halvány rózsaszín lakótömbre. Pontos volt, délelőtt kilenckor nyomta meg a kapucsengőt.

A mindössze háromemeletes ház nem rendelkezett lifttel, Julie legnagyobb örömére. Imádott lépcsőzni! Will sem bánta, hogy gyalog kell felmennie a harmadikra, bár a találkozás gondolatára a szíve alapból is hevesebben vert a kelleténél. Az ajtóban Julie széles mosollyal várta. Egyszerű farmert viselt sötétkék felsővel, dús fürtjeit pedig lazán befonta. Szolid, már-már láthatatlan sminket viselt, Willnek mégis elakadt a lélegzete, amint meglátta őt.

Julie bátorítóan beljebb invitálta.

– Nézd csak, ki várt rád tűkön ülve! Tornádó uraság! – ezzel vidáman az ölébe kapta a nappali szőnyegén téblábolo állatot, és gyengéden simogatni kezdte a bundáját. Megvakargatta

73

a macska füle tövét és az álla alatti részt is, amitől Tornádó önfeledt, örömteli állapotba került, amit előre irányuló bajuszával adott a gazdája és a vendég tudtára. Diszkrét dorombolásba kezdett, majd a fejét Julie nyakához dörgölte.

– Istenem, mennyire szeret téged! – ámult el Will, és miután hagyta, hogy az állat megszagolja a kezét, ő is megvakargatta a füle tövét. Tornádó odáig volt a boldogságtól. – Azóta nincs semmi probléma vele, ugye?

– Hacsak nem annyi, hogy kieszik a vagyonomból – nevetett fel Julie, majd letette a jószágot a szőnyegre. A boldog cica máris odalépegetett a tálkájához, és jóízűen ropogtatni kezdte a száraz eledelt. – Látod? Mondtam. Kérsz kávét? Vagy már ittál?

Will megköszörülte a torkát.

– Ittam ugyan ébredés után, de szívesen elfogadok egyet.

– Akkor mit szólsz egy koffeinmenteshez? Nehogy miattam kiugorjon a szíved a helyéről – válaszolta Julie, és elindult a konyhába.

Will követte, miközben arra gondolt, hogy ettől az eshetőségtől a koffeinmentes kávé nem igazán fogja megmenteni.

Julie konyhája a legmodernebb eszközökkel és háztartási gépekkel volt felszerelve, és minden ragyogott a tisztaságtól. Julie kivett a falra szerelt üveges szekrényből két csészét, és megkérdezte:

– Hogy iszod a kávét?

– Egy cukorral, sok fahéjjal.

Julie a kávé mellé varázsolt egy tálcányi apró, különbözőképpen feldíszített süteményt. Volt köztük minitorta, linzer, macaron, energiagolyó, és töltött keksz. Will ránézett a tálcára, és önkéntelenül megnyalta a száját.

– Hű, ezeket honnan szerezted?

– Méghogy szereztem? Én készítettem mindet – válaszolta Julie, miközben még jobban kihúzta magát.

– Nem mondod! – ámult el Will.

– De bizony. Imádok ezzel bíbelődni. Kikapcsol. És csak hogy tudd, ezek csakis növényi alapanyagokból készültek.

– Ejha! Hát akkor mindet megkóstolom.

– És te mivel szeretsz barkácsolni a szabadidődben?

– Sokat túrázom a természetben, és közben rengeteget fotózok és videózok. Megtanultam használni a videóvágó programot, de csak úgy magamnak készítek mindenféle zenés klipet. Engem az alkotás tölt fel.

Miután megkávéztak, Julie elköszönt Tornádótól, majd elindultak a kocsihoz. Will előzékenyen kinyitotta Julie előtt az anyósülés ajtaját.

– Köszönöm, uram! – mosolygott rá Julie. Jólesett neki ez az apró figyelmesség. Már hosszú ideje nem volt része benne.

Hosszú út állt előttük. Közel száz kilométert kellett megtenniük, hogy eljussanak a Monkey World nevezetű helyre, ahol tizenkét különböző fajtába tartozó majomnak alakítottak ki kényelmes otthont egy hatalmas területen. A körülkerített részen óriási, dús lombkoronájú fák álltak méltóságteljesen, de helyet kapott itt többek között egy játszótér, piknik-terület, örökbefogadó központ, ajándékbolt, büfé és kávézó is. A majmok szerelmesei több napot is el tudtak tölteni azon a helyen úgy, hogy könnyedén megfeledkeztek az idő múlásáról.

Útközben mindenféléről beszélgettek. Will elmesélte, azért lett állatorvos, mert gyerekkorában egy nap talált az udvaron egy törött szárnyú kismadarat, és mindenáron segíteni akart szegény állaton. Könyörgött a szüleinek, hogy vigyék el az állatorvoshoz, de ők csak legyintettek, hogy ilyesmivel ott nem foglalkoznak. Will próbálta etetni a sérült madarat, ám az sajnos minden igyekezete ellenére elpusztult. Will akkor fogadta meg, hogy életét az állatok meggyógyításának szenteli.

– És te hogy kötöttél ki a fitness világában? – pillantott Julie-ra.

– Hm, ez nekem is a gyerekkoromból indult. Képzeld, igazából már az csoda volt, hogy életben maradtam. Koraszülöttként nem nyomtam többet egy hathetes csirkénél. Gond volt a tüdőmmel is, de a legnagyobb kihívást az okozta, hogy mihamarabb gyarapodásnak induljak és megerősödjek.

– Akkor te egy tipikus harcos típus vagy – nézett rá elismerően Will.

- Az ám! De leginkább akkor váltam harcedzetté, amikor suliba kerültem. A többiek folyton csúfoltak, mert eléggé vézna és csenevész voltam. Ropcsi volt a becenevem.

- Jaj, te szegény!

- Ugyan! - legyintett nevetve Julie. - Ez csak megerősített lelkileg, és arra motivált, hogy testileg is erőssé váljak.

Nem volt vészes a forgalom, így elég korán érkeztek ahhoz, hogy a bejárathoz közel tudjanak leparkolni. Will természetesnek tartotta, hogy ő vegye meg mindkét belépőt, és ahhoz is ragaszkodott, hogy meghívja Julie-t ebédelni.

- Teljesen elkényeztetsz - kacagott Julie kislányos szégyenlősséggel.

- Hiszen megérdemled - nézett rá komolyan Will.

Ebéd után egy fa alatt álltak éppen, aminek Julie lazán nekidőlt. Will alig észrevehetően közelebb hajolt hozzá, és csendesen megszólalt.

- Azon töröm a fejem, vajon mennyire lennél mérges, ha most megcsókolnálak?

Julie halványan elpirult.

- Hát, azt hiszem, nem orrolnék meg rád.

És Will megcsókolta. Finoman, óvatosan, már-már félénken. A mellettük lévő játszótéren egy kisgyerek kacagott, körülöttük a majmok különböző hangokon kommunikáltak egymással. Mindebből azonban ők ketten mit sem hallottak.

- Mmm... - búgta Julie. - Nem, attól tartok, valóban nincs miért haragudnom.

Attól a pillanattól kézenfogva sétáltak tovább a külön elkerített részek között. Észre sem vették, mennyire felpezsdült körülöttük az élet. Emberek jöttek-mentek, fotózták az állatokat, babakocsit toltak, vagy éppen az ölükben vitték kisgyermeküket, esetleg kézen fogva andalogtak. Mint ők.

Mielőtt elindultak volna hazafelé, betértek az örökbefogadó központba is, és névlegesen örökbe fogadtak egy-egy orángutánt. Bulunak Julie, Miminek pedig Will lett a támogatója. Rendszeres adománnyal tudtak minél jobb életet biztosítani az állatoknak, ezenfelül abban a kiváltságban is részesültek, hogy a park nyitása előtt vagy zárása után bemehessenek az állatokhoz, egy külön elkerített részre. Természetesen az állatok gondozójának felügyelete mellett.

– Csodás volt ez a nap! – lelkendezett Julie a kocsiban, miközben hazafelé suhantak az autópályán. – Köszönöm! – pillantott hálásan Willre.

– Én köszönöm! – válaszolta Will egy gyengéd mosoly kíséretében. – Ezt megismételhetnénk, mondjuk havi rendszerességgel.

– Benne vagyok!

Julie elégedetten felsóhajtott. Rég nem érezte magát ilyen biztonságban. Lehunyta a szemét, és hagyta, hogy az autó lágy ringatózása és a kerekek surrogó hangja elbódítsa.

A KAPCSOLÓDÁSI PONT

MEGVAN A VARÁZSA a nyomozói munkának. Amikor felforrósodnak a nyomok, bizony előfordul, hogy a lelkes kopó végigpörög két és fél napot egyhuzamban, majd két órát alszik az asztalra borulva, aztán a vadászösztöne és az adrenalin hajtja is tovább. Mindezért viszont igazi sikerélményt nyújt, amikor végre kivonnak a forgalomból egy-egy bűnözőt.

A szolgálatvezénylés szerint Jack és Jessica munkaidejéből már csak egy óra lett volna hátra. Mégsem tudtak leállni. Hajtotta őket a vágy, hogy felmutassanak valami előrelépést. Sikerült beszélniük a szakács szomszédaival, ám semmi érdemlegeset nem tudtak meg. Ezen nem igazán lepődtek meg, hiszen manapság az emberek el vannak foglalva a pénz hajszolásával, ám amikor otthon vannak, akkor is vagy a tévéjüket, vagy a telefonjuk kijelzőjét bámulják hipnotikus állapotban. Észre sem veszik, mi zajlik körülöttük a való világban.

A kiherélt állatorvos exfelesége következett. Az esetek túlnyomó többségében a házastárs, illetve a volt házastárs az elkövető. A nyomozópáros remélte, hogy kis szerencsével hamar az ügy végére járnak.

Az áldozat exneje meglepően jó környéken élt. A kertvárosi utcában hasonló stílusban megépített, kétszintes házak sorakoztak, az előkertekben pedig egyedi formára vágott dísznövények pompáztak.

A nő elegáns kiskosztümben nyitott ajtót. Látszott rajta, hogy az ötvenes éveiben sem hanyagolja el magát. A váratlan vendégekre nézve megigazgatta frizuráját, amely eleve úgy állt, mintha éppen a fodrásztól jött volna. Sminkjével ügyesen lecsalhatott volna a korából legalább öt évet.

– Tessék! Miben segíthetek?

Jack szólalt meg mély hangján.

– Caufield hadnagy vagyok, ő a társam, Bloom nyomozó. Feltennénk néhány kérdést a volt férjével kapcsolatban.

A nő arcáról rögtön lehervadt az udvarias mosoly. Előző nap értesítették a halálhírről. Hűvösen csak ennyit mondott:

– Jöjjenek be!

A nappaliban ültette le őket.

– Hozhatok esetleg valamit inni?

– Köszönjük, ne fáradjon! – hárította el a kínálást Jack, miközben elővette telefonját. – Mikor látta az áldozatot utoljára?

– Hál' Istennek már több mint egy éve nem volt szerencsém a képéhez.

Jessica alig észrevehetően elmosolyodott, társa pedig folytatta.

– Nos, a halottkém jelentése alátámasztja, hogy az áldozatot szerda este hét és tíz óra között ölték meg. Meg tudja mondani, hol tartózkodott a megnevezett időben?

A nő mérgesen fújt egyet.

– Hát nem igaz, hogy az a tetű még holtában is kellemetlenséget okoz nekem. Igen, meg tudom mondani – válaszolta kimérten. – Pontosan hét órakor kezdődött az aerobik óra, amelyre járok, aztán...

– Melyik edzőterembe jár? – vágott közbe Jack.

– A Vasakaratba. Nagyszerű az a hely, és a tulaja is egy tünemény. Igazán segítőkész.

Jack bepötyögte a hely nevét, és tovább kérdezett:

– Tehát az edzését követően hazajött?

– Nem, dehogy! Óra után lezuhanyoztam, rendbe szedtem magam, és már indultam is az egyesületbe.

– Milyen egyesületbe?

– Ó, az egy remek társaság! Minden szerdán összejövünk, és életvezetési, lakberendezési, szépségápolási, meg egyéb praktikákat osztunk meg egymással. Jó, hát lehet, hogy inkább baráti körnek kellene nevezni.

– Meddig volt ott aznap este? – tudakolta Jack.

– Lássuk csak... Igen, megvan! Negyed tizenegy utánig. Meg is jegyeztem, mert ránéztem a telefonomra, és azt láttam, hogy huszonkét óra huszonkét percet mutatott. Jópofának tartottam.

– Meg tudja mindezt erősíteni valaki?

- Hát persze! – forgatta szemét a nő. – Az edzőteremben Edith, a recepciós, ő kezelte le a bérletemet. Az egyesület tagjai közül pedig mindössze tucatnyian.

- Köszönöm, utána fogunk nézni – pillantott a nőre Jack, miután elrakta telefonját. – Egyelőre nincs több kérdésünk. – Illetve annyi, tud-e bárkit, aki a férje halálát kívánta volna?

A nő felkacagott.

- Rajtam kívül? Nem, uram, nem tudok ilyenről. Mindenkihez kedves volt. Kivéve persze engem.

Jack és Jessica már indulni készült, amikor a nőnek eszébe jutott valami.

- Várjanak csak! Azt hiszem, meg tudnék említeni valakit, akivel a volt férjemnek igen heves veszekedései voltak.

Jack újra elővette telefonját.

- Hallgatom.

- Az egyik gazdaságban, innen úgy harminc kilométerre, együtt dolgozott egy másik állatorvossal.

- Meg tudná mondani a nevét?

A nő egy pillanatra elgondolkodott. Összevonta a szemöldökét. Még a száját is összeszorította, végül azonban így szólt:

- Igen, már emlékszem. Gordonnak hívták. Gordon Anspah-nak.

A kocsiban ülve, úton a kapitányság felé Jessica megszólalt.

- A mindenit, micsoda kedves nőszemély.

Jack felnevetett.

- Hogy bírtad ki, hogy ne tegyél valami cinikus megjegyzést?

- Hm, jó kérdés. Talán azért, mert közben azon agyaltam, vajon elkapjuk-e még Lorenzót a kórbonctanon vagy a laborban. Izgat az a szúrásnyom, amit az áldozat tarkóján talált.

Jessica azt már nem merte bevallani a társának, hogy sajnos maga az orvosszakértő is izgatja, még mindig. Pedig tisztában volt vele, hogy az a vad együttlét csak egyszeri alkalom volt. Tudta jól, mégis fájt elengedni az illúziót, hogy számított valamit a férfinak.

Szerencséjük volt. Vitalis doktort a laborban kapták el. Mikroszkópja fölé görnyedve motyogott valamit az orra alatt olaszul.

Meg sem hallotta, hogy a két nyomozó belépett a birodalmába. Jack hangtalanul mellé osont, megkocogtatta a hátát, mire Lorenzo megpördült, miközben az olasz szavak lényegesen nagyobb hangerővel tolultak ki a száján. És feltételezhetően szitokszavak voltak.

– Ma quanto sei stronzo![1]

Jessica elnevette magát, és társára pillantva megszólalt:

– Egy kukkot sem értek ugyan olaszul, de szerintem most nem áldásokat kaptál.

Lorenzo mérgesen fújtatott.

– Ne is akard tudni, mit mondtam. Francért kellett így megijeszteni!

– Csak vicceltem, ne szívd mellre! Inkább azt mondd meg, sikerült-e kideríteni, milyen cuccot szúrtak a kiherélt áldozat tarkójába – tudakolta Jack, miközben már vette is elő a telefonját.

Jessica karba font kézzel állt mellette.

– Sikerült bizony! Sőt, még valami mást is találtam.

Lorenzo pillanatnyi hatásszünetet tartott.

– Szóval, úgy tűnik, házi kotyvalékról van szó. Az alapja atropin, amit az Atropa belladonna, vagy más néven nadragulya növényből vonnak ki. Az atropin felelős az extrapiramidális mozgatópályák gátlásáért.

Jack felnézett telefonjából.

– Ezt lefordítanád nekünk, ha kérhetném?

– Aha. Arról van szó, hogy a szer a nagyobb izomtömegeket érintő, már begyakorolt, vagyis automatikus mozgásokat szabályozza le. Mint például járás, tánc, mimika.

– Hm... – dörzsölgette Jack kissé borostás állát. – Szóval azt mondod, hogy miután az áldozatba nyomták a szert, az nem tudott többé járni és beszélni?

– Valahogy úgy. És táncolni – tette hozzá Lorenzo, bár poénja nem aratott sikert, ezért folytatta. – A másik dolog viszont az, hogy a szakács tarkóján is találtam szúrásnyomot, és ugyanez a spéci cucc volt benne is.

---

1 Milyen szemét alak vagy!

Jack füttyentett, miközben vadul jegyzetelt.

– És ez még nem minden – csigázta őket tovább Lorenzo. – Az áldozat vérében többek között kloroform nyomait találtam. Ekkor elhallgatott, és jelentőségteljesen nézett a nyomozókra. Jack kezdett türelmetlen lenni.

– Többek között? Oké, és még mit, ha szabad tudnunk?

– A fickó szervezetében megemelkedett az endorfin szintje, ami arra utal, hogy a meggyilkolása *előtt* herélték ki. A test elárulja, ha az ember fél, vagy fájdalmat áll ki, mielőtt meghal.

– Gondolom, ugyanígy történhet szegény állatokkal is a sertéstelepeken, csak az ő fájdalmukkal a kutya sem törődik – jegyezte meg Jessica, bár ezt leginkább csak magának mondta. Összeráncolt homlokkal gondolkodott egy darabig, majd megkérdezte:

– Lehetséges, hogy az áldozatok nem tudtak mozogni, viszont eszméletüknél voltak?

Lorenzo habozás nélkül rávágta.

– Igen, ez elképzelhető.

– Akkor viszont kicsit át kellene gondolnunk a kiherélt állatorvos esetét. Mi van, ha a gyilkos boszszúból tette? Oké, tudom, vad ötlet, de a gazdaságokban is mindenféle érzéstelenítés nélkül golyózzák ki szerencsétlen kismalacokat.

– Á, ez azért szerintem túlzás! – válaszolta Jack a fejét csóválva. Bár inkább csak nem mert belegondolni, hogy létezik egy ennyire szadista gyilkos.

Jessica megvonta a vállát, azonban nem vetette el teljesen az ötletet, hogy valami elvetemült állatbolond áll a gyilkosságok mögött.

Megköszönték a doktor munkáját, aztán elindultak a fegyverszobába, hogy leadják fegyvereiket. Kissé elhúzódott a hivatalos munkaidejük, de nem bánták, mert végre megtudtak valami izgalmasat. A kapitányságon még odaköszöntek az 1-es váltás tagjainak, akik éppen az ügyhöz kapcsolódó jelentéseket tanulmányozták. Jack röviden beszámolt a legfrissebb infókról, majd elvonult az asztalához, hogy írásban is rögzítse, mire jutottak aznap. Jessica ugyanígy tett.

Végre elindulhattak haza. Jessica azon gondolkodott, menynyivel másabb azoknak az élete, akik kilépve munkahelyükről rögtön le is teszik a munkahelyi ügyeket, és a saját problémáikon kezdenek el agyalni. Ő egész úton hazafelé a szakács és az állatorvos esetén gondolkodott.

KELLEMETLEN LÁTOGATÓK

NEM VOLT NEHÉZ KIDERÍTENI, hol dolgozik az a bizonyos doktor Anspah. Amíg Jack és Jessica a hetvenkét órás pihenőidejét töltötte, váltótársaik megpróbáltak beszélni az állatorvossal, ám hétvégére elutazott Dublinba. Így hát hétfőn a jól összeszokott nyomozópáros azzal kezdett, hogy William Smith rendelőjéhez hajtott.

Szerencséjük volt, mert aznap éppen Anspah doktor vitte a rendelőt. Jessicának első pillantásra nem volt szimpatikus a férfi, de ezt talán molett testalkata és dús szakálla váltotta ki belőle. Emlékeztette ugyanis egy kellemetlen rokonára.

Jack bemutatta az orvosnak magát és a társát is, majd megkérdezte, van-e olyan hely, ahol néhány percig nyugodtan tudnak beszélni.

A váróban ketten ültek, mindketten a kutyájukat vitték oltásra.

– Helga, közöld kérlek a pácienseink gazdáival, hogy várniuk kell még tíz percet. – Az utolsó szavaknál Anspah doktor jelentőségteljesen a nyomozókra nézett. – Erre fáradjanak! – ezzel öles léptekkel megindult az irodán át a teakonyha felé.

Hellyel kínálta a két nyomozót, és ő is leült velük szemben.

– Tehát, miről van szó? – kérdezte. Cseppnyi izgalom sem látszott rajta.

A kocsiban megbeszéltek alapján Jessica kezdte meg a kikérdezést. Eközben Jack máris készenlétbe helyezte a telefonján a jegyzettömböt.

– Össze tudná foglalni röviden, hogy milyen konfliktusai voltak doktor Henry Woldorffal?

Anspah doktor egy pillanatra meghökkent, aztán alig észrevehetően elmosolyodott.

– Miatta vannak itt? Valaki végre jól megverte, igaz?

Választ azonban nem kapott, ezért folytatta.

– Nézzék! Mi, állatorvosok a gyógyításra esküdtünk fel, ugyanúgy, ahogy az emberorvosok. Illetve arra, hogy a legkevesebbet ártsunk, és a legkisebb fájdalmat okozzuk. Na, ehhez képest az a szadista barom örömét leli abban, ha megkínozhatja szerencsétlen jószágokat. Én mondom, élvezettel heréli ki szerencsétlen kismalacokat, persze érzéstelenítés nélkül.

Jessica az utolsó mondat hallatán kissé megmerevedett, de aztán tovább kérdezett.

– Szóval ön szerint megérdemelte volna, hogy megbüntessék ezért?

– Még szép! – vágta rá Gordon gondolkodás nélkül. – De mégis, miről van szó?

– Tulajdonképpen megkapta a büntetését – vette át a szót Jack. – Valaki megölte őt – közölte rezzenéstelen arccal.

Gordon döbbenten nézett, majd a következő pillanatban elsápadt.

– Te jó ég, ugye nem gondolják, hogy én tettem?

– Meg tudná mondani, hol volt múlt szerda este hét és tíz óra között? – kérdezte Jack.

– Hú, lássuk csak. Igen-igen! Wembley-ben voltam egy kétnapos állatorvosi konferencián. Még felvétel is készült az eseményről. Könnyen ellenőrizhetik, hogy végig a teremben voltam.

– Ez hol volt pontosan?

– A Copland Community School adott helyet az eseménynek – válaszolta készséggel Gordon.

Jack bepötyögte a választ.

– Köszönöm! Már csak egyetlen kérdés. Arra emlékszik, hogy hol tartózkodott október huszonharmadikán?

– Máris megmondom. Jöjjenek!

Ezzel Gordon felállt és visszament az irodába, ahol a telefonját hagyta. Megnyitotta a Google naptárát, és a kérdéses dátumhoz lépett.

– Á, igen, már emlékszem! Szombati nap volt. Az unokahúgom esküvőjén vettem részt Dublinban, szóval megint csak végignézhetnek rólam egy videót. Tudják, eléggé sürgős volt a dolog. Nemrég született meg annak a szerelemnek a gyümölcse – kacagott fel Gordon. Irtó nagy mázlinak tartotta, hogy a nyomozók éppen azokra az időpontokra kíváncsiak, amelyekre sziklaszilárd alibije van. Na, nem mintha bármi miatt tartania kellett volna a zsaruktól.

Jessica már nem volt ennyire elégedett. Az orvos még ellenszenvesebbé vált a szemében, amit persze a megdönthetetlen alibi miatti frusztrációja okozott. Megint nem haladtak előre. Az irodából kilépve azonban megakadt a szeme valamin. A két talpig fehérbe öltözött asszisztens közül az egyik – a jól megtermett férfi – éppen üvegcsében lévő szerekkel foglalatoskodott. Lorenzo szerint a gyilkos saját maga kotyvasztotta öszsze a bénító mérget.

Jack észrevette, hogy társa feszülten figyel, ezért a fülébe súgta:

– Mi az?

Jessica megrázta a fejét.

– Kicsit elszaladt velem a fantáziám. A kocsiban elmesélem.

Miután a két nyomozó távozott, Gordon visszament az irodába és felhívta cimboráját, hogy beszámoljon neki erről a különös látogatásról. Kihangosított telefonját az íróasztalon hagyta, miközben fel-alá járkált. Az ajtót résnyire behajtotta.

Gordon röviden összefoglalta az eseményeket, majd megkérdezte:

– Gondolod, hogy visszajönnek, és téged is kifaggatnak?

– Már miért tennék? Semmi közöm ahhoz a fickóhoz.

– Nem is tudom. Láttad volna, hogy az a nyomozónő milyen vizslatva nézett szét a vizsgálóban.

Nevetés hallatszott a telefonból.

– Ugyan! Csak nem gondolod, hogy azt hiszik, az állatorvosok bosszúból halomra gyilkolják egymást?

– Hát igen. Elég beteg ez az ügy. Ilyet tenni azért, mert valaki nem éppen a leggyengédebben bánik az állatokkal.

Pillanatnyi csend után Will megszólalt.

– Hm, ez tényleg erős. Mégiscsak emberéletről van szó. Bárcsak tudnék segíteni, hogy elkapják azt az őrültet!

Gordon elköszönt, mert már így is csúsztak az előjegyzett páciensek kezelésével. Kilépett az irodából és Joe-ra pillantott, aki éppen szúrós szemmel nézett az iroda irányába. A következő pillanatban azonban elkapta a tekintetét, és figyelmét ismét az üvegcsékre fordította.

Gordon összecsapta a tenyerét, és lelkesen megszólalt:

– Oké, kérem a következőt!

KIS ÉS NAGY KUTYABOLONDOK

AZNAP KELLEMESEN ENYHE, napsütéses idő volt, ezért Helga megbeszélte Eniddel, hogy együtt viszik el az egyik kutyát a menhelyről sétálni. Helga önkénteskedésének szerves része volt, hogy szombatonként elvitt egy-egy kutyust a közelben lévő Lammas Parkba. Jessica is csatlakozott hozzájuk, mert éppen szabadnapja volt.

A három nő ráérősen sétált egymás mellett. A koromfekete, fiatal rottweiler nőstényt, Ficánkát Jessica vezette pórázon, Helga és Enid pedig kéz a kézben andalgott mellette. Helga mesélni kezdett:

– Képzeljétek, ezt a kis ártatlant a héten azzal hozták be a telephelyre, hogy egyszerűen kezelhetetlen. Mint kiderült, egész nap egyedül dekkolt a lakásban, és hát unalmában megcsócsálta a gazdája cipőit. Az összeset, szépen sorban.

– És ezt a helyzetet nem tudta kezelni az az ember? – kérdezte Enid csodálkozva.

– Nőszemély – forgatta a szemét Helga. – És nem tud mit kezdeni vele. Jobban félti a puccparádés cipőit, minthogy időt szakítana a kutyája nevelésére. Komolyan mondom, az a banya azért dolgozik, hogy megvehesse a kétszázadik pár méregdrága cipőjét.

Jessica megszólalt.

– Hát, én ezzel a témával kapcsolatban csak annyit tudok mondani, hogy a blökik ki nem állhatják a narancsot. Szóval ha le akarod szoktatni az ebedet, hogy megrágcsálja a cipődet, kend be naranccsal. Nem a kutyát, a cipőt.

Helga felnevetett.

– Ez mekkora ötlet! Honnan tudsz te ilyeneket?

Jessica megvonta a vállát, majd a következő pillanatban elmosolyodott. Meglátta, amint Jack közeledik feléjük a kisfiával. Jacknek is felragyogott az arca, ám amikor közelebb ért és rápillantott Helgára, összevonta a szemöldökét. A kölcsönös bemutatkozás után meg is kérdezte tőle:

– Nem találkoztunk már valahol?

– Dehogynem! Csak én akkor talpig fehérben voltam, az állatorvosi rendelőben – vágta rá Helga könnyedén, majd Jessicához fordult. – Rád bíznánk Ficánkát. Mi addig elmegyünk és körbejárjuk a tavat. Félóra múlva itt?

– Mi addig a kutyafuttatóban leszünk, oda gyertek.

– Oké!

Jessicát meglepte, hogy Noah mennyire hasonlít az apjára. A kisfiú leguggolt a kutya elé, felnézett Jessicára, és megkérdezte:

– Milyen édes pofa! Mi a neve?

– Ficánka.

– Csúcs! Apa, nekem is lehet kutyám?

Jack igyekezett szigorú arcot vágni.

– Ó, hogyne! Képzelem, anyád mennyire örülne neki.

– De nem lenne vele gond. Különben is, majd én adnék neki enni meg inni mindennap.

– Aha, és napjában kétszer el is vinnéd sétálni? És állatorvoshoz, ha beteg? És az oltások? És gondoskodnál a bolhairtásról is?

Noah durcásan forgatta a szemét.

– Túl sok a kérdés. Meg az „és". A gyanúsítottakat is ezzel kergeted az őrületbe?

Jessica kis híján felnevetett.

Jack leguggolt a fia mellé, és a vállára tette a kezét.

– Kisfiam! Egy élőlény sok törődést igényel. De ha nagyobb és érettebb leszel, újra átbeszéljük a dolgot.

– Én már most is érett vagyok – dünnyögte a fiúcska sértődötten, majd felállt, és összefonta karjait maga előtt.

Jessica kedvesen a kisfiúra nézett.

– Figyelj csak, Noah! Ha van kedved, hétvégenként, amikor apával mindketten szabadnaposak vagyunk, eljöhetsz velünk sétálni – ajánlotta fel.

– Ú, az de baró lenne! – bokszolt a levegőbe vidáman a kisfiú. – Apa, eljövünk ide minden hétvégén?

Jack felállt, és megadóan vállat vont. Noah szétnézett, és megkérdezte:

– Hol van már az a kutyafutóka? Bemehetek majd Ficánkával?

Jessica felkacagott.

– Felőlem igen. Gyertek, itt lesz pár lépésre.

– Ti most akkor jártok? – hangzott a gyerek szájából az ártatlanul őszinte, mégis kínos kérdés.

Jessica döbbenten nézett Noah-ra, Jack viszont elengedte a füle mellett kisfia megjegyzését.

– Csak munkatársak vagyunk. Tudod, együtt üldözzük a rosszfiúkat.

– Csúcs! Persze, most már emlékszem! Folyton róla áradozol, apa – bökte ki a gyerek a legnagyobb lelki nyugalommal.

Jack enyhén elpirult, Jessicára pillantott, és megjegyezte:

– Nem is mondtad, hogy van kutyád.

Jessica a füle mögé simított egy elszabadult tincset.

– Ja, nem az enyém. A lakótársam barátnője szokta sétáltatni. Önkéntes a menhelyen.

Noah közben ismét leguggolt Ficánka elé, és megvakargatta az állat füle tövét, miközben boldogan kacagott. A kutya a hátára hengeredett, és lógó nyelvvel, boldogan vigyorogva kapált mellső lábaival a levegőbe, hogy mutassa, neki bizony a hasát is meg kell dögönyözni.

A kisfiú felállt, és Ficánka is talpra ugrott. Noah beterelte a kutyát a futtatóba, majd levette róla a pórázt, az egyik padra tette, és önfeledten szaladgált körbe-körbe. Ficánka lelkesen üldözőbe vette.

Jessica mosolyogva nézte őket. Észre sem vette, hogy társa viszont őt figyeli. Jack megköszörülte a torkát, és így szólt:

– Figyelj csak, egy csomót agyalok ezen a szakácsos ügyön. Egyszerűen nem fér a fejembe, hogy mit csinált vele a gyilkos.

Jessica rápillantott, és figyelmesen hallgatta.

– Mármint egyértelmű, hogy előbb levágta a lábát, hiszen azon nincsenek égési nyomok. De utána mit csinált a testtel? Felgyújtotta? De miért csak a felsőtestet? Vagy beledobta forró olajba? Lehetetlen!

Jessica a szája elé kapta a kezét.

– Mi az? – nézett rá döbbenten Jack.

– Úristen! Nem olajba dobták, hanem forró vízbe. Mint egy homárt.

Társa értetlenül meredt rá.

– Tudod! A homároknak előbb levágják a lábait, majd élve megfőzik őket – magyarázta Jessica a rettenetes és kegyetlen gasztronómiai kulisszatitkot.

– Hú, ez nagyon beteg! Így viszont megvan az indíték. Bosszú.

– Aha. Legalább ennyivel előrébb vagyunk.

Egy darabig még a másik esetükről is beszélgettek. A megbeszélt időben Enid és Helga visszatért hozzájuk. Noah a kerítéshez szaladt, rácsodálkozott a két nőre, majd elvigyorodott, és megkérdezte az apjától:

– Szóval ti nem fogjátok meg egymás kezét?

Jack ismét elpirult.

KAPÁS A TÓBAN

JACK A KAPITÁNYSÁG FELÉ HAJTOTT, amikor az ügyeletes tiszt újabb esetről értesítette őket. Jack megfordult, és dél felé vette az irányt. Rápillantott a sebességmérőre, majd kissé jobban taposta a gázpedált. Közben megkérdezte:

– Szóval, a múltkor mit is láttál a rendelőben?

Jessica összevonta szemöldökét és megköszörülte a torkát.

– Nem is tudom. Valahogy gyanúsnak tűnt, ahogy az a kigyúrt asszisztens elmélyülten méricskélte a gyógyszereket. De ez csak valami megérzés. Még az is lehet, hogy téves.

– Hm... Nekem nem kapcsolt be az ösztönöm. Egyelőre azt sem tudom, mit gondoljak erről az ügyről. Ráadásul itt ez az újabb, és a jó ég tudja, milyen szörnyűségbe futunk bele már megint.

Megérkeztek a tóparthoz, ahol egy vízbe fúlt holttestet találtak aznap kora reggel.

Jack leparkolt az egyik járőrkocsi mögött, Jessica pedig energikusan kipattant az autóból, miközben hallotta, hogy Jack felszisszen.

Jessica behajolt a kocsiajtón, és nekiszegezte a kérdést:

– Hát téged mi lelt?

Jack lassan kikászálódott, egyik kezével a derekát nyomogatva.

– Veszettül fáj a derekam.

– Dokinál voltál vele?

– Á, már évek óta vacakol. Egy évben egyszer előjön, fáj hetekig, járok kezelésre, aztán attól jobb lesz.

Jessica együttérzően pillantott rá, miközben megindultak a helyszín felé.

– És mi az, amitől ilyen rossz lesz?

– Szakmai ártalom – legyintett Jack. – Tudod, oda szoktam aggatni a fegyveremet meg az elemlámpámat. Mármint, mindig csak a jobb oldalamra. A doki szerint az egyenetlen terhelés okozza a gebaszt.

– Aha, értem – ekkor Jessicából előbújt a gondoskodó segíteni akarás. – Azon agyalok, hogy a rendszeres jóga biztosan megelőzné a kínlódásodat. Bár, gondolom, a jóga nem a te világod.

Társára sandított, aki úgy nézett rá, mintha azt mondta volna, hogy biztosan segítene rajta, ha tüllszoknyában balettozna rendszeresen.

– Oké, vettem. Akkor inkább járj gyógytornászhoz. De megoldás lehetne az is, ha egyforma terhelést kapnál, és mondjuk a másik oldaladra is akasztanál egy stukkert, vagy valami kacatot.

Jack rávigyorgott.

– Imádni való vagy!

– Ugyan – legyintett Jessica, és csak remélte, hogy társa nem látta, hogy elpirult.

Egyenruhás rendőrök, nyomrögzítők és technikusok hemzsegtek a helyszínen. Cipőjük talpa alatt minduntalan megcsikordultak a kavicsok.

Jessica észrevette, amint Lorenzo egy csinos rendőrnővel beszélget. A nő felkacagott, és kezével végigsimította a sármos orvosszakértő alkarját. A férfi ekkor közel hajolt hozzá, és a fülébe súgott valamit.

Jessicának elszorult a torka, és valami kellemetlen érzés fészkelte magát a gyomrába. Bosszúsan megrázta a fejét. Nem igaz, hogy még mindig nem tudott túllépni a történteken!

Jack észrevette társa hangulatváltozását, és gyengéden megfogta a vállát.

– Hé, jól vagy, csajszi?

Nem, igazából Jessica egyáltalán nem volt jól, azonban tartania kellett magát. Mégsem fakadhatott sírva ott, kollégák és idegenek előtt. Felsóhajtott, Jackre pillantott, és határozottan ezt mondta:

– Tudod mit? Szükségem van a felejtésre. Holnap este leiszom magam. Velem tartasz? Jól kibeszéljük Vitamin doktort és a Vörös Dögöt is!

– Oksa! – válaszolta Jack. Próbált laza és higgadt maradni, belül azonban ujjongott. Minden erejével azon lesz majd, hogy Jessica elfelejtse végre azt a kis görény Vitalist.

Lorenzo végre észrevette őket. Jack intett neki, ő pedig megindult feléjük, hangosan csörtetve a cipőjére húzott sötétkék védőpapucsában.

Miután kezet fogtak, Jack rámutatott Lorenzo lábára.

– Te, Vitamin doki! Csípem a szexi nylonmamuszkádat, csak kár, hogy eltakarja azt a puccos olasz aranycipellődet.

Eleinte bosszantotta Lorenzót, amikor kollégái Vitamin dokinak becézték, de hamar belátta, hogy ez nem tiszteletlenségből fakad. Sokkal inkább abból, hogy annyi holttestet és erőszakot látnak nap mint nap, hogy muszáj valahogy kiereszteni a lelki feszültséget. Azt viszont nem értette, hogy az utóbbi időben miért cseszteti őt ez a nagydarab nyomozó.

Jack a holttest mellé lépett, és fintorogva megszólalt.

– Fúj, ez olyan büdös, mint egy görény. Ahh, nem is, mint egy hat napja rothadó döglött görény.

– Igen, valóban több napja itt lehet – válaszolta Lorenzo, és karjával széles ívet írt le. – Amint látjátok, ez egy eléggé elhagyatott szakasz.

Jack az orra alatt dünnyögve megjegyezte:

– Én meg már azt hittem, hogy elfelejtetted magadra kenni a szokásos pacsulikat.

Lorenzónak elkerekedett a szeme, és kinyitotta a száját, hogy válaszoljon, amikor Jessica közbeszólt:

– Oké, fiúk, rátérhetnénk a lényegre?

– Tehát – kezdett bele Lorenzo durcásan –, ezt a fickót beleraktak ebbe a vászonzsákba, mellé pakoltak néhány követ, és bekötözték a száját… mármint nem a fickóét, hanem a zsák száját. Aztán nemes egyszerűséggel belehajították a tóba.

– Élve? – tudakolta Jack.

– Nos, első körben nem találtam védekezésre utaló nyomokat, és egyéb külsérelmi trauma jeleit sem. A boncolásnál a tüdő majd elárulja nekünk, hogy fulladásos halál végzett-e a fickóval. És persze keresek toxinokat a vérében. Meglehet, hogy elkábították, és azért nem védekezett.

Jack megvakargatta az állát.

– Na de ki tesz ilyet? A maffia módszere a betoncsizma. Nem bajlódnak azzal, hogy zsákba gyömöszöljék a szerencsétlen áldozatot, plusz még mellé köveket pakolgassanak.

Jessicának volt egy sejtése, de egyelőre nem akart előhozakodni vele.

Abban maradtak, hogy Lorenzo rájuk csörög, amint végzett a boncolással. Fogta orvosi táskáját, és a cipőjére húzott nylon papucsában elcsattogott a kocsijához.

– Na, nézzük, mit tudunk meg a horgásztól, aki megtalálta az áldozatot – szólalt meg Jack.

Az egyik járőr egy hullasápadt férfihoz vezette őket, aki a hetvenes éveiben járhatott, és magába roskadva ült kempingszékén. Amikor a nyomozók odaértek hozzá, feltápászkodott. Bemutatkozásuk után Jessica kedvesen az idős emberre nézett.

– Mondja el nekünk, kérem, hogyan fedezte fel az áldozatot!

– Jaj, hát szerencsémre nem az áldozat akadt a horgomra, hanem a cipője. El is ment a kedvem egy életre, hogy egész nap a csónakomban üljek egyedül, és kapásra várjak.

A férfi megborzongott. Jessicának feltűnt, mennyire zaklatott a kisöreg. Hófehér, kócos haja rendezetlenül meredezett a fején, véreres szemeit pedig ide-oda jártatta. Őrült professzor benyomását keltette.

– Sajnálom, hogy ennyire megviselték a történtek, de szeretném, ha válaszolna néhány kérdésünkre – bátorította Jessica.

– Tudom én, hogy bolondnak tartanak – bólogatott az öregember. – Hiszen ki a csuda borulna ki ennyire egy kipecázott fél pár cipő miatt? Az emberek már régóta teleszemetelik a környezetüket.

Legyintett egyet, ám rögtön folytatta:

– De ha maguk is megjárták volna az öbölháborút, és látják azt a sok borzalmat, amit én... hát én mondom maguknak, még egy ártatlan aranyhaltól is frászt kapnának!

– Igazán sajnálom! – válaszolta Jessica. – Most azonban a segítségét kérjük. Mit tett, miután kifogta a cipőt? – tudakolta, bár ilyen fura kérdést talán még soha életében nem tett fel.

– Pánikszerűen kieveztem a partra, és szaladtam rögtön a kocsimhoz. Aztán elhajtottam a legközelebbi benzinkútig, hogy hívjuk a rendőrséget.

Jack értetlenül meredt rá.

– Hogyhogy nem a mobilján hívta őket?

– Á, nem kell nekem olyan flancos ketyere. Minek bámuljak egy kétszer tízcentis képernyőt, amikor teljes nagyságában csodálhatom a világot magam körül?

Jessica elmosolyodott, és folytatta.

– Mikor történt mindez?

– Nem szoktam órát hordani magammal, de az biztos, hogy a nap már felkelt.

– Van esetleg bármi, ami ön szerint a segítségünkre lehet?

– Higgye el, kedves, ha volna ilyen, magácska lenne az első, akivel megosztanám – válaszolta az öreg, és kissé meghajolt Jessica előtt.

Jack alig bírta megállni, hogy fel ne nevessen. Megköszönték az együttműködést, majd visszamentek a hullához. Közben Jack kuncogva megjegyezte:

– Bejöttél a vén kujonnak.

– Menj már! – legyintett Jessica, de ő is elnevette magát.

Az áldozat negyvenes, fehér férfi, enyhén túlsúlyos. Egyszerű farmer volt rajta, és kockás inge alatt mindössze atlétát viselt. Furcsa. Ilyen hidegben az ember nem mászkál kabát nélkül. Mellette hevert a vászonzsák, amelyben beledobták a tóba. És persze a kövek.

Jack szétnézett. Keréknyomokat nem lehet rögzíteni ezen a kavicsos részen. Az áldozatnál nem találtak iratokat, és mivel vízihulláról van szó, az azonosítás még nehezebb lesz. Elgondolkodva dörzsölgette kissé borostás állát.

Jessica, mintha csak tudta volna, mi jár társa fejében, felsóhajtott és megszólalt:

– Hát, ez keményebb, mint gondoltam.

Jack rögtön elvigyorodott.

– S szólt a jó nő...

– Ahh, már megint kezded! Na, menjünk, nagyfiú, derítsünk ki valamit erről a szerencsétlen áldozatról.

Beültek a kocsiba. Jack indított, és rögtön feljebb tekerte a fűtést.

– Van valami ötleted, hogy miért így bántak el vele? Jessica megvonta a vállát.

– Ahhoz többet kellene tudnunk róla.

Egy belső hang azonban megsejtetett vele egy választ, amely totálisan abszurdnak tűnt: ugyanezzel a módszerrel szokták vízbe fojtani a nemkívánatos újszülött cicákat.

IZGALOM A RENDELŐBEN

HELGA IGENCSAK MEGLEPŐDÖTT, amikor be akart nyitni a rendelő ajtaján, ám zárva találta. Három éve dolgozott együtt Will-lel, és addig még egyszer sem sikerült hamarabb beérnie nála. Akkora lendülettel lódult neki az ajtónak, hogy kis híján visszapattant róla. Természetesen volt nála kulcs, így be tudott jutni. Ahogy keresztülment a várón, felkapcsolta a villanyt, és a fűtést is feljebb állította két fokkal.

Az irodában levette kabátját, hatalmas táskájából nagy nehezen kikotorta mobilját, és tárcsázta Willt. Semmi. Még csak ki sem csörgött. Csupán egy rideg női géphang közölte: „A hívott szám nem kapcsolható, kérjük, ismételje meg..."

Oké, gondolta Helga, hát akkor ismételjük meg. De hogy lehet ez? Ha Will esetleg beteg lenne, már biztosan szólt volna neki.

Megnézte, mennyi az idő. A rendelés kezdetéig már csak huszonöt perc volt hátra. Szörnyen elhagyatottnak érezte magát. Ráadásul Joe-nak szokása, hogy éppen a nyitás előtti percekben esik be.

Helga egy pillanatig tanácstalanul töprengett, majd felhívta Suzyt. Jóformán köszönni is elfelejtett.

– Nem akarom, hogy bepánikolj, de szerintem történt valami a bátyáddal.

– Jaj, istenem! Balesete volt?

– Nem, illetve nem tudok semmit. Csak még nem jött be a rendelőbe, és...

– Ha nem akarod, hogy bepánikoljak, akkor miért hozod rám a frászt? – szólt közbe Suzy kissé ingerülten.

– Bocsi! Szóval az van, hogy eddig még soha nem fordult elő, hogy késett volna.

– Próbáltad hívni?

– Persze, hogy próbáltam! – válaszolta feldúltan Helga. – Nem elérhető. Nem tudod, hol lehet? Vagy nem mondta neked, hogy elutazik hétvégére? Lehet, hogy ottragadt valahol?

Suzy kuncogni kezdett a vonal másik végén.

– Mi olyan vicces? – kérdezte Helga türelmetlenül.

– A bátyám a hétvégét Julie-val töltötte. Talán túl jól sikerült az éjszakájuk, és elaludtak.

Helga megkönnyebbülten felsóhajtott.

– Akkor hívom Julie-t. Köszi!

Julie a második csengésre már fel is vette a telefont, azonban ő is meglepődött, amikor Helga Will holléte után érdeklődött.

– De miért rajtam keresed őt? Én ezt nem is értem. Oké, a vasárnapot együtt töltöttük, de nem aludt nálam. Este szépen elbúcsúztunk, aztán...

Julie elhallgatott, sóhajtott egy nagyot, majd folytatta.

– Ó, hát ezt nem hiszem el!

– Mi az? Mi történt? – kérdezte Helga kétségbeesve.

– Will itt hagyta a mobilját. Valószínűleg lemerült, vagy kikapcsolta. De most már én is kezdek aggódni. Hol lehet?

Helgából kiszakadt egy rövid sikoly, és a szája elé kapta a kezét.

– Úristen, lehet, hogy az a szadista őrült elkapta!

– Tessék? Miről beszélsz?

– Múlt héten itt járt két nyomozó. Valaki megölt egy idős állatorvost. Lehet, hogy van egy elmebeteg, aki állatorvosokat gyilkol.

Julie higgadtan szólalt meg.

– Nyugi, kislány, biztosan nem erről van szó. Willnek nem történhetett baja. Szerintem csak valami kis banális bosszúság miatt nem tudott időben érkezni. Várj még egy kicsit, hátha befut. És kérlek, rögtön hívj, amint megjelenik, oké?

– Oké!

Ekkor lépett be a rendelő ajtaján Joe. Helga zaklatottan odaszaladt hozzá, és a nyakába borult. Megpróbálta elmondani, mennyire aggódik, és hogy hívta Suzyt és Julie-t is.

– Szerinted hívjuk a rendőrséget?

Joe magabiztosan elmosolyodott.

– Ne butáskodj már! Hiszen csak késik.

Újabb percek teltek el. Joe és Helga igyekezett mindent elő-készíteni a nyitásig. Szerencsére még nem érkezett meg az aznapi első páciens. A vizsgálóban függő óra már-már Helga idegeire ment. Tik-tak, tik-tak. Teltek a percek. Hol lehet Will? És ekkor, mintha kérdésére kapna választ az égiektől, nyílt a rendelő ajtaja. Will esett be rajta, kócos hajjal, összemaszatolt arccal. Mellette befurakodott Caesar is.

– Hát te meg hol a jóistenben voltál? – förmedt rá Helga.

– Nektek is jó reggelt! – válaszolta vidáman Will. – Az enyém remekül kezdődött. Akarjátok hallani?

Helga csípőre tett kézzel fújt egy nagyot, sarkon fordult, és beviharzott az irodába. Előbb Julie-t, majd Suzyt hívta, hogy megnyugtassa őket: megkerült az elkallódott lélek.

Miután Will megmosta az arcát és átöltözött, az íróasztalnál ülve elmesélte, milyen szerencsétlenül járt aznap reggel. Néhány kilométerre járhatott a rendelőtől, amikor defektet kapott. Akart ő szólni, de sajnos hamar ráeszmélt, hogy nincs nála a telefonja.

– És tudjátok milyen macerás úgy kereket cserélni, hogy köz-ben egy negyven kilós állat folyton a tarkódat nyalogatja? – kér-dezte nevetve.

Joe elvigyorodott, de nem fűzött megjegyzést a történtek-hez. Helgából viszont kibújt a kisördög.

– Szóval, otthon hagytad a telefonodat?

Will megvakarta a tarkóját.

– Ö..., valószínűleg.

Helga azonban látta, hogy elpirul. Tovább kínozta.

– És, jól telt a hétvéged? Voltál valahol?

Will hálásan ugrott fel a székből, ugyanis abban a pillanat-ban érkezett meg első páciensük.

– Munkára fel! – kiáltotta csillogó tekintettel.

Örült, hogy nem kellett válaszolnia. Tudta, mennyire kíván-csi Helga, ő azonban még nem akarta elárulni, hogy kezd köze-lebb kerülni Julie-hoz.

EGY HATÁRON TÚL...

AZNAP, MIUTÁN KIMENTEK a vízbe fulladt áldozathoz, néhány óra elteltével Jack ellátogatott az igazságügyi kórbonctanra, természetesen társa kíséretében. Jessica soha nem volt kibékülve a hellyel. Szörnyen nyomasztó ott minden. Az a mély csend, és a kellemetlen szagok. Csakhogy ez is a munkájuk része volt.

– Gyertek csak beljebb – invitálta őket Lorenzo makulátlan, szürke öltönyében, frissen borotvált arccal, gondosan beállított hajjal.

– Nocsak, úgy látom, szépségszalonban jártál! – élcelődött vele Jack. – Úgy nézel ki, mint akit skatulyából húztak ki.

Lorenzo dicséretnek vette a megjegyzést. Önelégülten elmosolyodott.

A nyomozók megálltak a boncasztal mellett, amelyen a tóból kifogott férfi feküdt.

– Sikerült kiderítened valami izgalmasat számunkra? – kérdezte Jack.

– Aha! Érdekes ez a holttest, bár nem valószínű, hogy a nyomozásban hasznotokra lesz, amit benne találtam.

Jack és Jessica kérdőn egymásra nézett. Lorenzo folytatta:

– Tény, hogy fulladásba halt bele az áldozat, tehát élve dobták a vízbe. Sőt, továbbmegyek. Nagy valószínűséggel eszméleténél volt. A körmei alatt ugyanis találtam jónéhány rostszálat, ami a vászonzsák anyagával egyezik meg. Szóval ki akarta kaparni magát.

– Te jó ég, szerencsétlen – szörnyülködött Jessica. – Akkor ezek szerint ő nem kapott a mozgást lebénító szerből.

Lorenzo megrázta a fejét.

– Nem, nem volt a vérében a szerből, és szúrásnyomot sem találtam rajta sehol. Más módon kábították el. Kloroform maradványait találtam a vérében.

Jack egy pillanatra elgondolkodott.

- Hm... akkor nem is biztos, hogy kapcsolatba hozható a szakács és az állatorvos esetével.

Lorenzo megvonta a vállát. Jack rápillantott.

- Említettél valami érdekességet.

Lorenzo olyan hangsúllyal fogott bele az esettanulmánya ismertetésébe, mintha egy professzor magyarázna zöldfülű diákjainak.

- Mint azt ti is látjátok, eléggé elhanyagolta magát az áldozat. Tésztaszerű arc, megereszkedett pocak, petyhüdt izmok. A boncolás pedig megállapította, hogy az utolsó étkezése hamburger volt, sült krumpli és sör.

Az orvos nem tudta megállni, hogy ne tegyen egy tiszteletlen megjegyzést:

- Nem is csoda, ha így nézett ki. Ilyen kajáktól...

- Nem mindenki mániája a kockahas meg a kigyúrt izmok – jegyezte meg Jack, némi gúnnyal a hangjában. – Inkább azt áruld el, mikor halt meg.

- Na, ez az, amit nem tudok pontosan.

- Hogyhogy? Talán ellógtál a halál idejét megállapító órákról?

Lorenzo fel sem vette a piszkálódást.

- Vízi hulláknál nehezebb a dolgunk, szóval azt mondanám, hogy négy napja lehetett. De ezt figyeljétek! A fickó szervezetében elképesztő módon felhalmozódott a nitrit. Tudjátok, ezzel tartósítják többek között a húsipari termékeket és sajtokat. Ez a szer a gyomorban és a tápcsatorna további részeiben nitrozaminná alakul, amiről bebizonyosodott, hogy rákkeltő anyag.

Jessica felsóhajtott.

- Szóval azt mondod, rákos volt?

Lorenzo bólintott.

- Nem adtam volna neki egy évet sem.

Jack megszólalt.

- Ez mit sem változtat a tényen, hogy meggyilkolták. Gyere, csajszi, derítsük ki, ki volt az áldozat, aztán kapjuk el a gyilkosát, hogy közölhessük vele, kár volt megölnie.

Jessica megkönnyebbülten elindult kifelé.

- Na végre, hogy elhúzhatunk innen. Nem bírom ezt a szagot.

Jack követte őt, de a válla fölött még hátraszólt Lorenzónak.

- Szerintem rád célzott!

Munkanapjuk további része meglehetősen húzós volt. Kiderítették, hogy az áldozat neve Thomas Davies, negyvenhat éves, targoncás egy raktárban. Ealingben élt a feleségével, a lányával és négy macskájával, és minden szabad idejét hobbijával, a horgászattal töltötte. Micsoda fintora az életnek, hogy éppen egy horgásznak köszönhető, hogy nem tűnt el örökre nyomtalanul az élők sorából. Utolsó feladatként elmentek az áldozat címére. Csak a tizennyolc éves lányát találták otthon. És persze a négy macskát. Végig Jessica kérdezett. Könnyen megtalálta a közös hangot a lánnyal, aki sokat fecsegett. Jessica mintegy mellékesen megkérdezte azt is, szoktak-e a háznál kiscicák születni. A lány könnybe lábadt szemmel mesélte el nekik, hogy a három nőstény macska állandóan vemhes, mert a család nem törődik az ivartalanításukkal. Az apja annyival intézi el a dolgot, hogy minden alkalommal, amikor egy nőstény lefial, fog egy zsákot, belerakja az újszülött kölyköket, és elviszi magával a tóhoz.

Jessica megköszönte a lány segítőkészségét.

- Anyukáddal is szeretnénk beszélni. Melyik nap találjuk itthon?

- Bármelyik nap, kivéve ugye a szerdát, mert ilyenkor aerobikra megy. Tök király neve van a konditeremnek! Vasakarat. Milyen menő már, nem? - csacsogott tovább a lány.

Jack felkapta a fejét. Elővette a telefonját, és jegyzettömbjében rákeresett a névre. Igen, ez a hely már nem egyszer szerepelt benne.

Műszakjuk végén Jack megkérdezte társát:

- Szóval, áll még az esti program?

- Naná! Mit szólnál, ha a törzshelyünkön találkoznánk? Onnan mindketten hamar hazaérünk, akár még négykézláb is - nevetett Jessica.

- Oksa! Legyen mondjuk nyolc?

- Inkább fél kilenc.

Jack pontos volt, Jessica viszont késett tíz percet. Kikérték az első kört, plusz némi rágcsálnivalót, és elvonultak az egyik négyszemélyes boxba. Egymással szemben ültek le.

Jessicát nem hagyta nyugodni egy gondolat.

– Szerinted miért olyan fontos a gyilkosnak, hogy az áldozata ne tudjon mozogni, de mindent érezzen?

Jack gyengéden ránézett.

– Hé, csajszi, most nem nyomozók vagyunk. Próbáljuk már meg lerakni a munkát.

– Oké, igazad van.

Jack nem vette le róla a tekintetét, és ettől Jessica zavarba jött. Füle mögé simított egy hajtincset, és újra megszólalt:

– Figyelted, hogy mennyire önelégülten vigyorgott Lorenzo, amikor „megdicsérted" a kinézetét?

Jack felnevetett.

– Szegény rácseszett, amiért úgy bánt veled. Imádom szívatni, soha nem tetszett az a pökhendi stílusa.

Ahogy egyre többet ittak, egyre felszabadultabban beszélgettek. Jassicában az alkohol hatására feloldódhatott valami gátlás, mert egyenesen kacérrá vált. Társának ez persze tetszett. A negyedik körnél fogta magát, és átült Jessica mellé. Benne is feloldódott valami.

– Ugye neked fogalmad sincs?

– Miről? – kérdezte Jessica, és kíváncsian oldalra biccentette a fejét, miközben akaratlanul megnyalta az ajkát.

– Hát akkor megmutatom...

Ezzel Jack egyik kezével megsimította az arcát, lassan közel hajolt hozzá, és megcsókolta.

TORNÁDÓ KÓCOS

JULIE-NAK MINDEN ÉVBEN kétszer végig kellett csinálnia azt a tortúrát, amely cicája kóctalanításával járt. A hoszszú szőrű perzsa cicákra jellemző, hogy kisebb-nagyobb csomókban összetapad a bundájuk, és ha nem kezelik, képes nagyobb területeken nemezszerűen összeállni, ami bizony fájdalmasan húzhatja az állat bőrét.

Julie akkor tudta meg, hogy Helga ért a kisállat-kozmetikázáshoz is, amikor Tornádót elvitte Will rendelőjébe. Azelőtt egy Ealingben működő szakemberhez hordta a kandúrt, de a nő sem volt szimpatikus neki, és az árat is borsosnak találta.

Tornádó nem tűrte el csak úgy, mindenféle méltatlankodás nélkül a kezeléseket. Legelső alkalommal nemtetszését azzal fejezte ki, hogy végigkarmolta a kozmetikusnő alkarját. Talán ezzel vívta ki az ellenszenvét szegény állat, aki csak az ellen emelt mancsot, hogy lefogják és egy zizegő elektromos borotvával végigszántsanak rajta. Onnantól kezdve minden alkalommal el kellett őt bódítani a cicomázás előtt. Az állatorvos, aki a szurit beadta neki, a kozmetikus bátyja volt, és a rendelője fél tömbnyire állt az állatkozmetikától. Egyszóval, kész cirkusz volt az egész.

Julie pontosan érkezett Will rendelőjébe, kezében cicahordozó kosarával, benne a nyugodtan trónoló kandúrral. Willnek minden vágya volt, hogy megcsókolja Julie-t, ám ott volt mellette Joe, és észrevette, hogy Helga vigyorogva bámulja őt. Nem, semmi esetre sem tehette meg.

Will beadta az állatnak az injekciót. Ezután Helga fogta a cicát, és Julie-val együtt átmentek abba a kezelőbe, ahol a kozmetikázást és egyéb kisebb beavatkozásokat végezték. Will és Joe addig a többi pácienssel foglalkozott.

Tornádó elbódult, Helga megkezdhette bundája rendbe tételét, közben pedig mesélni kezdett Julie-nak, aki a kezelőasztal másik oldalán ült egy gurulós, támla nélküli széken.

– Képzeld, micsoda izgalmas dolog történt itt a múltkor! Különleges látogatóink voltak.

– Igen? Kik?

– Két nyomozó – Helga elmélyülten dolgozott az állat bundáján, így nem vette észre, hogy Julie megmerevedett. – Elvonultak Gordonnal, és vagy tíz percig faggatták arról, hogy bizonyos időpontokban hol volt.

– Nahát! És miért jöttek? Mit akartak?

– Megöltek itt a környéken valami állatorvost, akivel Gordon nemrég még együtt dolgozott.

– És?

Helga felpillantott.

– Mit „és"? Nyilván nem Gordon ölte meg.

Julie azonban megvonta a vállát, és higgadtan csak ennyit mondott:

– Manapság nem lehet tudni, kiben mi lakozik.

Helga folytatta a csacsogást.

– Mondtam már, hogy a barátnőm lakótársa nyomozó? Amúgy tök jó fej. Jessicának hívják – Helga kuncogni kezdett. – A múltkor együtt bandáztunk, és véletlenül összefutottunk a társával. Jessica nem is sejti, hogy az a fickó teljesen bele van zúgva.

Julie azonban elgondolkodva nézte cicáját, majd megkérdezte.

– Gondolod, hogy még visszajönnek?

Helga meglepődött.

– Miért jönnének? Mi nem is ismertük azt a fickót. Willnek sincs hozzá semmi köze.

Miután Tornádó készen lett, megkapta Willtől az ébresztő injekciót. Ezzel a szerrel kerülték el azt a kellemetlenséget, ami azzal járt volna, ha hagyják, hogy az állat magától jöjjön ki a bódításból.

Julie hazavitte kedvencét, ellátta étellel és friss vízzel, majd elindult a terembe dolgozni. Igyekezett a munkájára koncentrálni, de minduntalan az járt a fejében, amit Helga mondott.

Aznap estére Suzyval megbeszéltek egy találkát. Rájuk fért a lazítás. Egyik kedvenc helyükre, a „Rostos Boldogságba" mentek. Itt csupa olyan finomság közül választhattak, amelyek csak növényi alapanyaggal készültek. Emellett pedig az italkínálat is igen gazdag volt.

Julie az étterem előtt találkozott barátnőjével. Nem beszéltek ugyan össze, mégis egyforma stílusban öltöztek fel. Mindketten fekete farmert választottak kötött, fehér pulcsival. Julie magassarkú csizmát húzott, Suzy azonban maradt a jól bevált, kényelmes, lapos talpú bakancsnál.

Öleléssel üdvözölték egymást, majd bementek, kabátjukat a fogason hagyták, és leültek egy kétszemélyes asztalhoz. Pár percig elmélyülten tanulmányozták az itallapot, aztán kezükbe vették az étlapot is. Mindketten éhesen érkeztek.

Suzy törte meg a csendet.

– Ma egy kicsit nyúzottnak tűnsz. Szerintem agyonhajszolod magad. Kellene neked valami relaxációs módszer.

– Ja, tequila! – válaszolta Julie teljes komolysággal.

És abban a pillanatban, mintha csak az Univerzum küldte volna el nekik személyes üzenetét, megjelent a pincérlány. Fekete pólóján a következő fehér betűk hirdették az igét: „Hakuna ma tequila".

– Ezt nem hiszem el! – nevette el magát Suzy, miközben a feliratot bámulta, majd a lányra pillantott. – Bocs, de épp arról beszéltünk, hogyan kellene lazítani, amikor megjelentél a tequilás üzenettel.

Leadták a rendelésüket, és amíg az italukra vártak, Julie beszámolt arról, mit hallott Helgától a rendelőben. Suzy aggódó tekintettel nézett rá.

– Jaj istenem! Gondolod, hogy Willt is előveszik majd?

– Nem hinném. Mindenesetre így látatlanban sem tetszik nekem az a két nyomozó.

Suzy elhúzta a száját.

– Na igen. Ki tudja, hogy a nyomok után koslatva végül kihez jutnak el.

Időközben megérkezett a rendelésük. Suzy brokkolikrémlevest kért, rántott szejtánt édesburgonyával és vegyes salátával, Julie pedig a kedvencét, egy hatalmas adag Buddha tálat, tele minden földi jóval. Desszertnek egy-egy szelet meggyes csokitortát és habos gesztenyés szeletet választottak. Testvériesen megfelezték őket, hogy mindkét sütinek élvezhessék a mennyei ízét.

– Tudod mit? – szólalt meg Julie. – Felesleges elrontani a kedvünket holmi aggódással. Inkább élvezzük a jelent, és ezeket a csodás ételeket! Will rendben lesz, hiszen biztosan nem követett el semmit.

EGY KEGYETLEN HALÁLNEM

ÚGY TŰNT, JACK ÉS JESSICA minden egyes műszakjára újabb haláleset jut. Ráadásul egyre bizarrabb módon meggyilkolt áldozatok.

Még nem találkoztak azóta, hogy Jack azon a bizonyos estén vette a bátorságot, és megcsókolta társát. Sokáig ültek törzshelyük jótékony félhomályában, alkoholmámorban úszva simogatták egymást. Mégis volt annyi lélekjelenlétük, hogy ne menjenek tovább. Jack nem akarta kihasználni a nőt, komolyak voltak a szándékai, Jessica pedig a Lorenzóval történtek után óvatossá vált.

Messengeren megbeszélték, hogy a kapitányság épületének földszinti parkolójában találkoznak műszakkezdés előtt. Jack megfogta társa kezét, és az egyik betonoszlop mögé húzta. Oda, ahol tudta, hogy a kamerák nem látják. Jessica háttal az oszlopnak dőlt, és Jackre emelte tekintetét. Hevesen vert a szíve. Egymásra mosolyogtak.

– Mennyire bánnád, ha most megcsókolnálak? – suttogta Jack.

Jessica kissé elpirult, és ezt válaszolta:

– Semennyire.

Mindkettőjüknek új volt ez az érzés, ugyanakkor azt vették észre, hogy mintha erre vártak volna egy ideje. Egy perce állhattak ott összefonódva, amikor lépteket hallottak. Gyorsan szétrebbentek, kiléptek az oszlop mögül, és igyekeztek természetesen viselkedni.

Miután asztaluknál ülve elolvasták az ügyekhez kapcsolódó jelentéseket, meglátogatták Vitalis doktort. Az egyébként mindig sármos és kisimult arcú Lorenzo ábrázatát gondterhes ráncok barázdálták. Szemei alatt sötét karikák éktelenkedtek.

Jack füttyentett egyet.

– Nem gondoltam volna, hogy te ilyen pocsékul is tudsz festeni.

– Nagyon vicces vagy! Hamarosan a te képed is átrendeződik, ha megtudod, milyen hullát kaptam ma.

– Mesélj, ne kímélj! – szólalt meg Jack magabiztosan.

Társával együtt az úgynevezett életellenes ügyek nyomozóihoz tartoztak, akik köztudottan a legmenőbbek, ennek megfelelően nagyra is tartják magukat. Azonban arra, amit Lorenzo mutatni készült nekik, nemigen lehetett felkészülni.

Lorenzo belekezdett az eset ismertetésébe.

– Tehát, ma kaptam egy férfit, aki látszólag nem gyilkosság áldozata lett. Azonban amit benne találtam... – egy pillanatra elhallgatott, majd megkérdezte. – Megvárjátok a jelentést, vagy elmondjam, amit már biztosan tudok?

– Mondd el, amit tudsz – kérte Jack.

Lorenzo megindult a mérlegek felé. A nyomozópáros követte őt. A következő pillanatban egy emberi májjal néztek farkasszemet, amelyet az orvos kék gumikesztyűs kezében tartott. Lorenzo feléjük fordult, és megkérdezte:

– Nos? Mi tűnik fel rajta?

A szemmel láthatóan megnagyobbodott máj egy része ép volt, egy darabja azonban jelentős mértékben roncsolódott. Jack hümmögve vakargatta az állát, majd megszólalt:

– Egyértelmű, mi látszik rajta. Úgy néz ki, mint ami belülről szétrobbant. Na de mitől?

– Hát ez az! Van ugyan egy elméletem, de nehéz elhinni.

Lorenzo visszatette a májat a mérlegre, majd visszatértek a boncasztalon várakozó holttesthez.

– Ezt kapjátok ki! Megvizsgáltam a fickó nyelőcsövét. Ahogy előre sejtettem, tele van horzsolásnyomokkal.

– Horzsolással – Jessica ezt a szót úgy ejtette ki, mintha rosszul hallotta volna.

– Igen – nézett rá Lorenzo. – Mintha lenyomtak volna valamit a torkán. Többször is. Rendszeresen.

– De mit? Tölcsért? – kérdezte Jack.

A doki csak széttárta mindkét karját. Tanácstalanul álltak egy darabig. Nem tudták mire vélni a dolgot. Végül Lorenzo megszólalt:

– Vagy talán inkább csövet. Ezt az embert jóformán halálra etették. A mája pedig nem bírta a terhelést. Egyszerűen szétrobbant.

Jessica fázósan fonta össze maga előtt a karját, és megborzongott.

– Úristen, mekkora kínok között halhatott meg!

– Milyen elmebeteg csinál ilyet? És miért? – kérdezte Jack megrökönyödve.

Lorenzo a szokásos válaszával szolgált.

– Ezt nektek kell kiderítenetek. Akarjátok látni a fickó nyelőcsövét?

– Nem, kösz – hárította el rögtön Jack. – Inkább azt mondd meg, hogy kábé mennyi ideje lehet halott.

– Figyelembe véve a zöldes elszíneződést az alhason, valamint a puffadt és márványos arcbőrt, azt mondanám, hogy harminchat óránál hosszabb ideje.

– Hmmm – Jack ismét elmélyülten vakargatta az állát. – Most azon agyalok, vajon hol tartották fogva ezt a szerencsétlent. Gondolom, hetekig kellett kínozni ahhoz, hogy így gallyra menjen a mája.

– Nem feltétlenül – válaszolta Lorenzo. – Itt inkább a hatalmas mennyiség és a brutálisan intenzív anyagbevitel okozta a halált. És a nyelőcsövön is frissek a horzsolások. Nincs rajta olyan hegesedés, ami több hete tartó traumára utalna. Én arra tippelnék, hogy ezzel a szerencsétlennel pár nap alatt végeztek.

Kis ideig néma csendben álltak a holttest mellett. Végül Jack megszólalt:

– Egyszerűen elképesztő, hogy a gyilkos napokig tömte áldozatát, mint a libát.

Mint a libát! – hasított Jessicába a felismerés.

– A jó életbe! – szakadt ki belőle a megvilágosodás szavakba öntött formája.

Lorenzo és Jack döbbenten nézett rá.

– Kifejtenéd? – kérte társa.

– Aha! Figyeljetek! Azt ugye tudjuk, hogy a szakáccsal ugyanazt művelték, mint amit a homárokkal szoktak. A vízbe fojtott fickót ugyanúgy zsákba rakták, ahogy az újszülött cicákkal teszik. Aztán ott van az állatorvos, aki napi szinten herélt ki ma-

111

lacokat, és akinek átvágták a torkát. Nos, a vágóhidakon ugyanígy ölik le szerencsétlen állatokat. Átvágják a torkukat. Lorenzónak nem akart összeállni a kép.

– Szóval?

– Tuti, hogy ez az áldozat beleillik a sorba. Egy mániákus állatbolond ugyanolyan módszerrel bánt el vele, ahogyan a libákat szokták megtömni. Srácok! Attól tartok, sorozatgyilkossal van dolgunk.

KÖZELEBB

JULIE NEM HITTE VOLNA, hogy létezik olyan férfi, aki ennyire meg tudja érinteni a szívét. A Will-lel kibontakozó kapcsolata több volt erős testi vonzalomnál. A lelkük is közelített egymáshoz.

Kezdeti félénksége után Will felengedett, bátrabb lett, így már ő kezdeményezett programokat. Magabiztos és felszabadult volt a nő társaságában, teljes mértékben önmagát tudta adni. Szépen nyíló kapcsolatukat a játszmanélküliség jellemezte. Julie belső hangja azt súgta, hogy várjon még a testi együttléttel. Nem tartotta magát prűdnek, a legtöbb kapcsolatában már az első néhány randit követően letesztelte, vajon fizikailag is passzolnak-e a férfival. Hiszen ha a szex nem működik két ember között, jobb, ha az elején kiderül, mert hiú ábránd abban reménykedni, hogy idővel majd változni fog a dolog.

Vasárnapra Will izgalmas ötlettel állt elő. Azt találta ki, hogy Julie töltse nála a napot, főzzenek valamit együtt, menjenek el Caesarral sétálni, aztán kuckózzanak be a kanapéra némi rágcsálnivalóval, és nézzenek sorozatokat.

Julie ennek megfelelően készült a randira. Kényelmes melegítőt vett fel, halvány rózsaszín, belebújós pulóverrel. A haját egyszerűen összefonta, és csak leheletnyi sminket viselt.

Leparkolt Will háza előtt, és mielőtt kiszállt volna, lehunyta szemét, elmosolyodott, majd lassan kifújta a levegőt.

Mire a bejárati ajtóhoz ért, Will lehengerlő mosollyal az arcán máris szélesre tárta előtte, Caesar pedig izgatottan topogott a küszöbön. Julie mellkasára tette jobb kezét, és egy hatalmasat sóhajtott.

– Istenem, micsoda szívélyes fogadtatásban van részem! Hát mivel érdemeltem ki?

– Pusztán a lényeddel – mondta Will, miközben bevezette a házba. – Érezd magad otthon!

Julie levette a kabátját, kibújt bélelt bakancsából, leguggolt Caesar elé, és alaposan megdögönyözte.

– Azért remélem, én is kapok legalább egy ölelést – szólalt meg Will.

Julie felállt, és szorosan átölelte a férfit. Addig álltak összeölelkezve, amíg Caesar türelmetlenül rájuk nem vakkantott. Will kibontakozott az ölelésből, és kutyájára nézett.

– Nem szép dolog féltékenykedni.

Julie-ra pillantott, és megkérdezte:

– Ittál már kávét?

– Nem. Ébredés után elkészültem, és egyenesen jöttem is hozzátok.

– Édes vagy! – súgta a fülébe Will, és egy puszit nyomott az arcára.

A konyhában itták meg kávéjukat. Will melegszendvicset is készített, amihez fokhagymás majonézzel megbolondított salátát ettek.

Reggeli után Will kocsijával elmentek a legközelebbi szupermarketbe, hogy közösen bevásároljanak az ebédhez. Nem volt konkrét tervük, menet közben találták ki, hogy a menü zöldséglevesből, bolognai spagettiből, és almás-fahéjas pitéből fog állni.

Otthon, miután kipakoltak, neki is láttak a főzésnek, miközben kibontottak egy üveg félédes fehérbort.

– Így sokkal szórakoztatóbb főzőcskézni, mint egyedül, rutinból – szólalt meg Julie.

– Meghiszem azt! Főleg, ha ilyen is történik veled – ezzel Will összekente Julie orrát paradicsomszósszal.

– Hé, ezért még megfizetsz! – nevetett fel Julie, miközben belenyúlt a szószba, és megpróbált Will arcára kenni belőle. A férfi azonban résen volt. Hátrafogta Julie mindkét kezét, közel hajolt hozzá, és incselkedve megkérdezte:

– És most mihez kezd, hölgyem?

Julie megnyalta az ajkát, enyhén félrebiccentette a fejét, és felsóhajtott.

– Megadom magam.

Will nem tehetett mást, megcsókolta. Egészen belefeledkeztek egymás ízlelgetésébe. Kezük is felfedezőútra indult. Will egyre szenvedélyesebben ölelte Julie-t, keze a nő pólója alatt kalandozott.

– Várj – lihegte Julie. – Még ne. Kérlek! Will nagy nehezen lehiggadt.

– Megőrjítesz – súgta Julie fülébe.

– Azt semmiképp sem akarom – simította meg Julie a férfi borostás arcát.

Miután mindketten lecsillapodtak, befejezték az ebédkészítést, közben borozgattak, és megállás nélkül beszélgettek. Nem volt köztük tabu téma. Őszintén megosztották egymással a lelkük legmélyén megbújó dolgokat is. Ebéd után felmentek az emeleti nappaliba. Kényelmesen befészkelték magukat a kanapéra, és elindítottak egy sorozatot. Igazából nem is kötötte le őket, inkább a másik közelsége számított.

Caesar felugrott a kanapéra, és félig Will lábára fekve kényelmesen elhelyezkedett. Fújt egy nagyot, majd letette fejét gazdája combjára.

– Most mondd meg! – intett fejével kutyája felé Will. – Őurasága micsoda pompában éldegél itt nálam.

– Bizony, szerencsés jószág – válaszolta Julie, és fejét a férfi vállára hajtotta. – Akárcsak az én kis szörnyem – fűzte hozzá. Will átölelte Julie-t, és egyik kezével gyengéden a nyakát cirógatta.

– Igen, ő is szerencsés, hogy te vagy a gazdája. Régóta él veled?

– Hmmm, már vagy nyolc éve. Kötődik hozzám. Képzeld, eddig összesen egyszer távolodtam el tőle több napra, amikor továbbképzésre mentem Dublinba. A barátnőm járt át hozzám etetni Tornádót, csakhogy szegénykém alig evett. Edith azt mondta, valahányszor benyitott, a cicám az ajtóval szemben ült a szőnyegen, és bánatosan nyávogott. Egyem meg, engem várt haza.

– Biztosan nagyon szeret téged – jegyezte meg Will.

– Nem is tudom, mi lenne vele nélkülem – sóhajtott egyet Julie, majd megrázta a fejét. – De erre gondolni sem akarok.

– Ne gondolj most semmire!

Will finoman a nő álla alá csúsztatta a kezét, maga felé fordította a fejét, és lágyan megcsókolta. Nem is kellett attól tökéletesebb pillanat. Julie hagyta, hogy teljesen elmerüljön benne.

A KAPZSISÁG ÁRA

JACK ÉS JESSICA a továbbiakban azon dolgozott, hogy kiderítsék, ki a legújabb áldozat. Megtudták, hogy csütörtök reggel talált rá egy futó, nem messze attól a helytől, ahol a vízbe fojtott férfit kifogta az idős horgász. Utánanéztek annak is, történt-e bejelentés eltűnésről. Az egyik eset felkeltette az érdeklődésüket. Egy nő zaklatottan hívta a rendőrséget négy nappal azelőtt, ugyanis nem ment haza a férje. A feleség kizárt dolognak tartotta, hogy párja önszántából lépett le otthonról. A személyleírás alapján igen valószínűnek tűnt, hogy az áldozatról van szó. Jack kiküldött a bejelentőhöz egy járőrt, hogy vigye be a nőt a kapitányságra, azonosítani a holttestet.

Kisírt szemű, elhanyagolt külsejű, meglehetősen molett hölgyet kísért a járőr Jack elé. A nő a negyvenes évei végén járhatott, és a kezét tördelve kérdezte.

– Biztos, hogy ő az, nyomozó úr? Az én Larrymet találták meg?

– Azért hozattuk önt ide, hogy ebben megerősítsen minket – válaszolta Jack. – Kérem, szedje össze a lélekjelenlétét, ez nem könnyű feladat.

A holttesthez vezették a nőt. Miután rápillantott, gyorsan el is kapta a tekintetét, és falfehéren bólintott. Jessica karon fogva támogatta át az egyik kihallgatóhelyiségbe.

– Hozok egy pohár vizet.

Jack helyet foglalt a megtört nővel szemben, és az asztalra tett egy kinyomtatott lapot.

– Hölgyem, szeretném, ha válaszolna néhány kérdésünkre, hogy mihamarabb elkaphassuk az elkövetőt.

A nő ráemelte könnyes szemét, és bólintott.

Jack az előtte heverő papírra nézett, és megszólalt:

– Tehát, az áldozat neve Larry O'Neill, ötvenhárom éves. A Hanwellben működő telephely igazgatója volt, ahol szárnyasokat tartottak.

– Így van. Folyton az irodájában ült, kidolgozta a lelkét is, hogy minél nyereségesebb legyen a vállalkozása.

Jessica visszatért a kihallgatóba, a nő elé tett egy pohár vizet, majd leült Jack mellé.

– Azt mondja, saját vállalkozás volt az a hely? – folytatta Jack a kérdezést.

– Igen. Larry tudta jól, mekkora profit van az állattenyésztésben, és a legkönnyebb részét választotta, a baromfitartást.

– Értem. Tehát aznap, amikor a férje eltűnt, reggel elindult munkába. Meg is érkezett?

– Persze, különben a munkások vezetője rögtön rajtam kereste volna. Soha nem hiányzott egy napot sem.

– Akkor valószínűsíthető, hogy az elkövető a munkahelye előtt, vagy úton hazafelé kapta el – jegyezte meg Jack az állát dörzsölgetve.

– Nem-nem! – vágott közbe a feleség. – Mobilon beszéltünk, miután végzett. Illetve, ő már a konditerem előtt volt, amikor felhívott. Elhúzódott a munka, és szólni akart, hogy még úgy másfél óra, amíg hazaér.

– Ez pontosan mikor volt?

– Fél hétkor. Éppen akkor vacsoráztak a gyerekek.

– Meg tudja mondani az edzőterem nevét?

A nő pillanatnyi hallgatás után bizonytalanul megszólalt:

– Vasbázis? Vagy Akaratos Vasak? Ja nem, megvan, Vasakarat.

Jack elégedetten elmosolyodott.

Jessica vette át a szót.

– Szerette a férje az állatokat?

Jack kérdőn nézett rá, és a nő is meghökkent, ám készséggel és őszintén válaszolt:

– Nézzék! Haszonállatokról van szó, nem házi kedvencekről, akikkel törődik az ember. Larry többször is elmagyarázta, hogyan próbál minél több pénzt szerezni a családunknak. Tudják, négy gyerekünk van, sokba kerülnek. Szóval igen, bizonyos eljárásokkal, amelyeket ő vezetett be, nagyobb haszonra tett szert rövidebb idő alatt. De hát miért érdeklik magát azok az állatok?

– Az ügyhöz kapcsolódóan kérdezem, többet azonban nem árulhatok el önnek. Tud esetleg valakit, aki rossz szemmel nézte a férje módszereit? Teszem azt, a dolgozók közül valaki?

A nő csak legyintett.

– Ugyan! A munkások inkább örültek a korszerű gépeknek, mert azokkal könnyebben tömhették a libákat. Egyszer láttam, hogy csinálják! Szétfeszítették az állat csőrét, ráhúzták a nyakát a csőre, lábbal elindították a gépet, aztán ment is a tápszer. Mindezt a nő úgy mesélte, mintha a férje valami ragyogó találmányt fedezett volna fel. Persze neki is a pénz lebegett a szeme előtt, a haszonállatokat pedig nyilvánvalóan csupán lelketlen tárgyaknak tekintette.

A nő egy pillanatra elgondolkodott.

– Habár, van egy ember, aki régen jóban volt Larryvel. Annak idején ugyanarra az egyetemre jártak. Tudják, Larrym is állatorvosnak tanult, de a második évben otthagyta, mert inkább a vállalkozását kezdte építeni, hiszen abban volt a sok pénz. Akkor már megvolt két gyerek, és jött a harmadik. Képzelhetik...

Jessica egyre visszataszítóbbnak találta a vele szemben ülő nőt.

– Tehát volt egy régi diáktársa – próbálta visszaterelni a lényeghez.

– Ja, igen! Na, a fickó régebben még eljárt hozzánk, de aztán Larry mesélt az üzletről, mert nyilván büszke volt rá, és aztán az állítólagos barátja nem is jött többé. Biztosan irigyelte a pénzünket.

– Megtudhatnánk az illető nevét?

– Hogyne! Will – vágta rá a nő habozás nélkül. – Illetve William. William Smith.

GYANÚ A RENDELŐBEN

MIUTÁN VÉGEZTEK a nő kikérdezésével, a nyomozópáros a rendőrség telephelyéről átvett sötétkék, megkülönböztető jelzés nélküli Mazda 3 Sedannal egyenesen William Smith állatorvosi rendelője felé vette az irányt.

Helga először örömmel üdvözölte Jessicát és Jacket, ám amikor megtudta, hogy ki akarják kérdezni Willt, rögtön lebigygyedt a szája.

Will éppen egy német juhászkutyát vizsgált, akinek valami baj volt a jobb hátsó lábával. Joe segédkezett neki.

Jack az előtérben várakozott türelmesen, a többi két páciens gazdájával együtt. Ezalatt Helga beterelte Jessicát a raktárba, és faggatni kezdte arról, mi dolga van Willnek a rendőrséggel.

– Ne haragudj, Helga, de most nyomozóként vagyok itt, nem kotyoghatom ki neked a részleteket. De hogy megnyugtassalak, Willt nem gyanúsítottként hallgatjuk ki, csak lenne hozzá néhány kérdésünk az egyik áldozattal kapcsolatban, hátha tud nekünk segíteni.

Helgát azonban nem sikerült megnyugtatnia. Összefonta karját a mellkasa előtt, és morcosan nekidőlt a mögötte tornyosuló kartonoknak. Azok azonban félrecsúsztak, mivel üresek voltak. Jessicának pedig feltűnt valami. Egy kilincs bukkant elő a barikád mögül.

– Mi az ott mögötted?

Helga hátrafordult, és legyintett egyet.

– Ja, ez mindig is itt volt, de sosem használjuk.

– És hová vezet az az ajtó? – kíváncsiskodott tovább Jessica.

Helga elnevette magát.

– Nahát, szóval ilyen vagy, amikor nyomozol? Szerintem még a jóisten sem tudná megmondani, hol van ennek a kulcsa. Amikor idekerültem, Will csak annyit mondott, hogy egy pincébe vezet, ami üresen áll, mert még nem találta ki, mit pakoljon oda. De láthatod, nem is férünk hozzá.

Ekkor Joe bekukkantott a raktárba, és szólt, hogy Willnek van néhány perce a nyomozókra. Higgadt arccal végigmérte Jessicát, majd eltűnt a raktárajtóból. Will udvariasan viselkedett a nyomozókkal. A teakonyhába vezette, majd hellyel kínálta őket, sőt még azt is felajánlotta, hogy készít egy-egy csésze kávét vagy teát. Nem úgy tűnt, mint aki bármi miatt is szorong.

Jack elővette telefonját, kikereste jegyzettömbjéből a legutolsó áldozattal kapcsolatos feljegyzéseket, majd Willre pillantott.

– Tudomásunkra jutott, hogy ön kapcsolatban állt egy bizonyos Larry O'Neill nevű férfival. Beszélne róla, kérem?

Will felvonta a szemöldökét.

– Mármint Larryről? Persze. Pontosan mire kíváncsiak?

– Az önnel való kapcsolatára.

Will kényelmesen hátradőlt a székén.

– Azt ugyan nem lehet kapcsolatnak nevezni. Mindössze másfél évig jártunk ugyanarra az egyetemre. Bár ő többnyire az iskola mellé járt, egy pubba. Miután lediplomáztam, egy ideig még bandáztunk hébe-hóba, ám amikor láttam, mennyire rabja lett a pénznek, és hogy milyen eszközöket vet be a minél nagyobb profit érdekében, nem kerestem többé a társaságát.

Jessica vette át a szót.

– Pontosan mi az, amivel ön nem értett egyet?

Will összeráncolta a szemöldökét, előrehajolt, és kezét öszszekulcsolta az asztalon.

– A kényszertöméssel. Az eljárás alatt az állatok stresszhatásnak vannak kitéve, ráadásul sérülhet a nyelőcsövük, emiatt pedig fertőző betegségek is felléphetnek. És azt is figyelembe kell venni – magyarázott tovább Will –, hogy a megnagyobbodott máj más szerveket is veszélyeztet, ami miatt a szárnyasok akár meg is fulladhatnak. Ez az emberek által kitalált borzalom egyértelműen ellentmond az állatok természetes életkörülményeinek.

Jessicának tetszett az állatorvos válasza, ezt azonban nem hangoztatta. Helyette a következőket mondta, miközben figyelte a vele szemben ülő férfi reakcióját.

– Az a helyzet, Mr. Smith, hogy a volt barátját pontosan ezzel a módszerrel ölték meg.

Will felnyögött, és elborzadt arccal dőlt hátra.

– Uramisten! De hát ki képes ilyen szörnyűséget művelni?

– Ezt próbáljuk kideríteni – nézett rá metszőn Jack.

Will egy pillanatig csak értetlenül pislogott.

– Na várjunk csak! Ugye nem azt akarják mondani, hogy engem gyanúsítanak? – nézett kétségbeesve egyik nyomozóról a másikra. – Csak nem hiszik, hogy egy elvakult mániákus vagyok, aki amellett, hogy meggyógyítja az állatokat, hidegvérrel megöli azt, aki bántja őket?

Nem kapott választ. Sóhajtott egy nagyot, majd ismét megszólalt:

– Oké, nézzék! Valóban az állatok segítéséből, gyógyításából élek. Azzal azonban nem értek egyet, hogy egy emberi lénynek jogos elvenni az életét azért, mert állatokat bántalmaz. Van ennek törvényes módja. Különben pedig húst eszem.

– Hogy jön ez ide? – kérdezte Jessica.

– Nem gondolják, hogy ha ekkora állatbolond lennék, akkor képtelen lennék megenni őket?

Will a fejét ingatta, majd a falon lévő órára pillantott, és udvariasan a nyomozók tudtára adta, hogy várják őt a betegei, akiknek a fájdalmára mielőbbi enyhülést adna.

Jack utoljára hagyta a leglényegesebb kérdést.

– Persze, menjen csak. Nem szívesen tartjuk fel a munkájában. Csak még egyetlen kérdés: hol volt ön szerda este és csütörtök hajnal között?

Will már éppen felállni készült, ám visszaroskadt székébe.

– Munka után egyenesen hazahajtottam, és otthon voltam, egyedül. Illetve a kutyám, Caesar társaságában. Szóval, nincs alibim. És most mi lesz, letartóztatnak?

Jack elrakta a telefonját, és ridegen csak ennyit mondott:

– Ha lesz még kérdésünk, keresni fogjuk – azzal társával együtt felállt.

Jessica azonban még biztatóan Willre mosolygott.

– Menjen, várják a betegei.

AHOL A SZÁLAK ÖSSZEÉRNEK

A RENDELŐ PARKOLÓJÁBÓL kihajtva Jack meg-
kérdezte.

– Na, mit súg a szimatod?

– Én hiszek a dokinak.

Jack rápillantott társára, de csak hümmögött egy sort.

– Bocsi, nem hallottam jól. Mit is mondtál? – incselkedett
vele Jessica.

– Persze, hogy bevetted minden szavát, amilyen sármos az
a fickó...

Jessica felnevetett.

– Csak nem vagy féltékeny?

Jack elpirult, és vadul hárított.

– Én? Dehogyis! Nézz csak rám! Mellettem az az állatidomár
csak egy törékeny nádszál.

Jessicát szórakoztatta társa önbizalma. És persze jólesett
neki a féltékenysége is.

– Szerintem nézzük meg, tudunk-e beszélni a vízbe fojtott
áldozat feleségével – javasolta, majd hátradőlt az ülésen, becsuk-
ta a szemét, és próbált ellazulni kicsit.

A következő pillanatban azonban kihúzta magát, és izga-
tottan megszólalt:

– Mit gondolsz, mit csinál a gyilkos a következő áldozattal?

– Húha, jót kérdezel. Mivel tudjuk, hogy mániája az állatok-
kal való bánásmód, bármi előfordulhat – Jack elgondolkodott. –
Mondjuk agyonveri, mint egy kutyát. Vagy megnyúzza, ahogy
a prémes jószágokat szokták. Vagy...

Jessica összerezzent, mert Jack, miután elhallgatott, a kö-
vetkező pillanatban hangosan felnevetett.

– Jesszus, te meg min röhögsz? – nézett rá Jessica értetlenül.

– Bocs, csak eszembe jutott egy morbid kép.

Jack nevetése csillapodott. Megköszörülte a torkát, és előad-
ta, hogy milyen bizarr kép furakodott az elméjébe.

– Szóval, lelki szemeimmel láttam, ahogy a gyilkos egy hatalmas osztriga héjába pakolja az áldozatát, citromot csepegtet rá, és elevenen felfalja.

Jessica elfintorodott.

– Ez valóban beteg. De a fickó tényleg túlzásba viszi az állatimádatából fakadó bosszúállást.

Szerencséjük volt. Thomas Davies, a vízbe fojtott áldozat feleségét otthon találták. Ugyan még csak kora este volt, látszott rajta, hogy a második pohár italon is túl van. Vagy talán a harmadikon. Ennek köszönhetően igencsak megeredt a nyelve. Sokat beszélt néhai férje unalmas hétköznapi szokásairól, ám amit a konditerem vezetőjéről mondott, az már igencsak izgalmasnak tűnt.

A konyhaasztalhoz ültek le. A nő gondosan manikűrözött kezei között forgatta vastag falú üvegpoharát, amelyben valami tömény ital lehetett, és csak beszélt, beszélt.

– Hát az a nő egy tünemény! Mindig volt rám ideje, pedig nem is hozzá jártam. Tudják, ő személyi edző. Én viszont aerobikra jártam. Sokat meséltem neki a férjemről, és mindig érdeklődéssel hallgatta. Néha már az volt az érzésem, valamit akar tőle. – Belekortyolt italába, legyintett egyet, és folytatta. – Á, de egy olyan gyönyörű nő, mint Julie... És tudják, a lelke is csodálatos! Annyira óvja, védi az állatokat, hogy csak na! Még gorillákat is örökbe fogad. Vagy valami majmokat. És szeret mindenféle állatot. Van egy macskája is. Maguk nem kérnek?

A nő kiita pohara tartalmát, majd a nemleges válaszra megvonta vállát, felállt, a hűtőhöz ment, és töltött magának még egyet.

– Persze, tudhatnám, szolgálatban vannak – kuncogott, miközben visszaült az asztalhoz. Ekkor elkapta Jessica rosszalló pillantását. – Ó, nehogy azt higgyék, hogy mindennap lerészegedek. Tudják, az onkológiai osztályon dolgozom, és van olyan műszak, ami után jólesik a lelkemnek, ha elfelejtem azt a napot.

Jessica bólintott, és próbálta visszaterelni a nőt a félbehagyott témához.

– Szóval a konditerem vezetője nagy állatbarát?

– Ó, az nem kifejezés! – A nő suttogóra fogta a hangját, és az asztal fölött közelebb hajolt a nyomozókhoz. Leheletén érződött az alkoholszag. – Képzeljék, egyszer elszólta magát előttem. Azt mondta, hogy az állatkínzókkal ugyanazt művelné, mint amit azok tettek szerencsétlen állatokkal. És tudják, szerintem ezt komolyan is gondolta.

Jack és Jessica egymásra pillantott. Eleget hallottak. Megköszönték a nő segítségét, és távoztak. Mielőtt azonban a Vasakaratba mentek volna, előbb beugrottak a kapitányságra, hogy megszerezzék a házkutatási parancsot.

PINCELÁTOGATÁS – ELSŐ FELVONÁS

– JACK!

– Imádom, ahogy kimondod a nevem – kacsintott társára Jack, miközben kikanyarodott az útra a kapitányság parkolójából.

– Ahh, ne hülyéskedj már! – forgatta a szemét Jessica, de nem tudta megállni mosolygás nélkül. – Valami nem hagy nyugodni.

– Oksa, figyelek – válaszolta Jack komoly arccal.

– Szóval az van, hogy vissza kellene mennünk az állatorvos rendelőjébe. Amíg ugyanis te kint várakoztál, én az asszisztensével beszélgettem a raktárban, ahol észrevettem valamit.

Jack figyelmesen hallgatott. Várta a folytatást.

– Mielőtt elmennénk a Vasakaratba körülszimatolni, ugorjunk be a dokihoz, és nézzük meg, mit rejt az az ajtó, amit a raktárban pillantottam meg a dobozok mögött.

– Óhajod számomra parancs! – mondta vidáman Jack, és irányt változtatott. Ismerte már annyira a társát, hogy tudja, be szoktak jönni a megérzései. Előfordult ugyan, hogy a nő tévedett, de az ritka eset volt. Jacknek különben sem volt szimpatikus a sármos doki.

Bőven volt még hely a rendelő udvarán lévő parkolóban, hiszen közeledett a rendelési idő vége.

A nyomozópáros belépett az előtérbe. Mindössze egy fiatal férfi várt a sorára. Belemerült a telefonja kijelzőjébe. Kistestű, fehér szőrű kutyája összegömbölyödve pihent a lábánál.

Helga jött ki a vizsgálóból. Meglepetés tükröződött az arcán. Jessicára nézett, és megkérdezte.

– Itt felejtettetek valamit?

– Nem egészen – válaszolta Jessica. – Kérlek szólj a főnöködnek, hogy kerítse elő a pincébe vezető ajtó kulcsát.

Helga nyelt egy nagyot, ám szó nélkül megfordult és eltűnt a vizsgálóban.

Jessica összerezzent, amikor néhány pillanat múlva Joe indulatosan feltépte az ajtót, és durván kiszólt.

– Na jöjjenek, essünk túl rajta, aztán hagyjanak minket dolgozni!

A két nyomozó döbbenten nézett egymásra. A váróban ücsörgő fickó a füle botját sem mozdította. Beszippantotta a virtuális világ. Jack lépett elsőként a raktárba. Jessica kissé lemaradt. A vizsgálón áthaladva odaköszönt az orvosnak, aki éppen egy fekete macskával volt elfoglalva. Bosszúsnak tűnt.

Joe arrébb hajigálta az útból az üres kartondobozokat, és dühösen megszólalt:

– Nem találjuk azt az átkozott kulcsot, ezért remélem, hogy a rendőrség számlájára írhatjuk az ajtó javításának költségeit.

Ezzel hátrébb lépett a dobozok mögött lapuló ajtótól, megtámaszkodott bal lábán, jobbjával pedig egy erőteljes mozdulattal berúgta az ajtót.

– Tessék, nézzék meg a nagy semmit! – förmedt a nyomozókra, majd mint aki jól végezte dolgát, kiment a vizsgálóba, és gyengéden végigsimította az asztalon lévő jószág bundáját.

Jessica csak pislogott a szürreális jelenet láttán. Pedig még ide is kért házkutatási parancsot. Nos, így is jó, gondolta.

Közben társa már le is ment a lépcsőkön. Jessica kíváncsian követte. Odalent azonban hatalmas csalódással nyugtázta, hogy valóban nincs a helyiségben az égvilágon semmi.

– Oké, akkor itt végeztünk – szólalt meg Jack. Bosszantotta, hogy vakvágányra tévedtek. Ugyanakkor sajnálta Jessicát, amiért kivételesen cserben hagyta a szimata.

A két nyomozót Helga kísérte ki az előtérbe. Joe nem volt hajlandó köszönni nekik, és az állatorvos is csak hűvös tekintettel biccentett.

Helga összefonta maga előtt a karját, és Jessicához fordult:

– Meg kell mondjam, izgalmassá tettétek az utolsó munkanapomat.

– Hát, sajnálom – válaszolta Jessica őszinte megbánással az arcán. – Figyelj csak, majd valamelyik nap találkozzunk és dumáljunk. Bocs, de tényleg pattanásig feszültek az idegeim. Már olyan közel járunk az ügy megoldásához!

Helga megenyhült arccal ennyit mondott.

– Részemről nincs harag. Majd értesíts, ha elkaptátok végre a gyilkost!

PINCELÁTOGATÁS – MÁSODIK FELVONÁS

JACK A HIGH STREETEN HALADT, enyhén átlépve a sebességhatárt. Mellette az anyósülésen Jessica előremutatott.

– Ott lesz!

Jack a Vasakarat előtt lendületesen a járdaszegélyhez húzódott, és leállította a motort. Társára nézett.

– Készen állsz?

– Teljes mértékben – érkezett a határozott válasz.

Mielőtt elindultak a kapitányságról, Jessica eltette kabátzsebébe a házkutatási parancsot. Jack csupán egy zakót vett magára hosszú ujjú, kockás inge fölé. Kiszálltak az autóból. Jack megigazította derekán a fegyvertartó övet. Szerette érezni fegyvere súlyát, még ha a dereka néha tiltakozott is a teher ellen. Gondosan begombolta zakóját, hogy pisztolya rejtve maradjon.

Beléptek a Vasakarat ajtaján. A szemrevaló recepcióslány őszinte mosollyal köszöntötte őket.

– Segíthetek valamiben?

Jack felvillantotta jelvényét.

– Igen, kisasszony, azt megköszönnénk. Szólna, kérem, a terem vezetőjének?

A lány rémült arcot vágott, ám kérdezés nélkül elment a termek irányába. Kisvártatva visszatért. Az ijedelem nem tűnt el az arcáról.

– Néhány percet sajnos várniuk kell. Miss Greene egy kliensünkkel dolgozik, az utolsó szettnél járnak. Ha gondolják, foglaljanak helyet a kanapén.

– Köszönjük, de önhöz is volna kérdésünk – válaszolta Jack.

Jessica látta, hogy a lány arcából kifut minden szín, ezért barátságosabb hangon megkérdezte:

– Utána tudna nézni, hogy az alábbi személyek pontosan mikor jártak itt utoljára? – ezzel elővett egy darab papírt a farzsebéből, és átnyújtotta a lánynak.

- Természetesen.

A recepciós reszkető kézzel vette el a papírt, rápillantott, és máris gépelni kezdte az első nevet a számítógépbe.

- Írjam a nevek mellé a dátumot?

Jessica bólintott.

- Igen, az sokat segítene, köszönjük.

A terem vezetője olyan halk léptekkel, szinte a semmiből tűnt elő, hogy Jessica kis híján összerezzent, amikor rájuk köszönt. Feltűnt neki a nő lelki nyugalma, és persze tökéletes alakja is, amelyet élénk barackszínű, testhez álló edzőruhával hangsúlyozott. Egy pillanatra még Jacknek is megakadt rajta a szeme.

A nő karba font kézzel megállt Jack előtt, egyenesen a szemébe nézett, és megszólalt:

- Elárulnák, mit keresnek a teremben?

Jack higgadtan válaszolt, és várta a reakciót.

- Egy gyilkossági ügyben az ember oda megy, ahová a nyomok vezetnek.

A vele szemben rendületlenül álló nőnek összeszűkült a szeme, de állta a férfi pillantását. Farkasszemet néztek. Jessica megpróbálta kizökkenteni a nőt.

- Beszélhetnénk valahol nyugodt körülmények között? Mondjuk az irodájában?

Ekkor a recepciós segítőkészen közbekotyogott:

- Ó, Julie irodájában most dolgoznak, kicsit átalakítják, de az öltözőjébe be tudnak menni, ott nyugalom van.

Julie Edithre szegezte szúrós tekintetét, aztán a kanapé felé indult, miközben próbált továbbra is higgadt maradni.

- Ne vegyék rossz néven, de nem szívesen engedek idegeneket a privát öltözőmbe.

- Mi viszont mégis inkább oda mennénk! - vetette ellen Jessica kissé emeltebb hangon.

Julie megtorpant, feléjük fordult, és harciasan csípőre tette a kezét.

- Akkor hozzanak házkutatási parancsot, mert én nem vagyok köteles beengedni magukat csak úgy a privát szférámba!

Jessica mosolyogva előhúzta kabátja zsebéből a papírlapot, és laza mosollyal az arcán közölte.

– Már itt is van, parancsára.

Julie-ból kiszakadt egy lemondó sóhaj, majd elindult a pulthoz, megállt a falfehér arcú lány előtt, és ezt mondta neki:

– Edith, ne pánikolj, kérlek! Tartsd a frontot a kedvemért! Minden rendben lesz.

Edith könnybe lábadt szemmel kérdezte:

– De hát az ég szerelmére, mi folyik itt, Julie?

Julie azonban válasz nélkül elindult a pult mögött lévő ajtó irányába, nadrágja rejtett zsebéből elővarázsolt egy kulcsot, és benyitott. Válla fölött hátravetette:

– Jöjjenek!

Jessica valahogy sejtette, hogy nem egy szokványos öltözőbe fog belépni. Az eléje táruló látvány azonban egyenesen megdöbbentette.

Szó sem volt öltözőről. Az ajtón belépve egy ötször öt méteres, fehérre meszelt falú helyiségben találták magukat, amelyet csakis úgy lehetett volna öltözőnek minősíteni, ha a benne árválkodó egy szem fogast öltözőszekrénynek kereszteli valaki. A fogason átlátszó, hosszú esőköpeny lógott. Alatta katonai bakancs, ami mellett egy kisebb méretű doboz hevert, tele eldobható kesztyűkkel.

Julie gondolkodás nélkül ment tovább, egyenesen a bejárattal szemben lévő ajtóig, amelyet kinyitott, majd a falon megkereste a villanykapcsolót, és felkattintotta.

Hátranézett a két nyomozóra.

– Erre!

Elindult volna lefelé egy sor lépcsőn, Jack azonban határozottan rászólt:

– Álljon meg ott, ahol van!

Mire Julie megfordult, a nyomozó fegyverével nézett farkasszemet. Megvonta a vállát.

– Ahogy gondolja. Akkor menjen előre maga.

Jack leóvakodott a lépcsőn, fegyverét mindvégig maga előtt tartva. Julie néhány lépéssel lemaradva követte. Jessica zárta a sort, kezében szintén fegyverrel, amelynek csöve végig lefelé nézett.

Egy pincében találták magukat. Betonfalak határolták, a padló is rideg, szürke betonból volt. A mennyezeten neoncsövek sorakoztak, vakító fényességgel árasztva el a helyiséget. Akár még operálni is lehetett volna alattuk. Valószínűleg azonban nem operáció zajlott a terem közepén álló rozsdamentes acélból készült asztalon. Hanem valami más, szörnyű beavatkozás.

Jessicának végigsiklott a tekintete a falra szerelt csapon, valamint a mellette hosszan terpeszkedő fiókos szekrényen, amelyen mindenféle eszközök sorakoztak. Köztük néhány fecskendő, és kisebb üvegcsékben valami áttetsző folyadék. Szeme ezután megakadt egy vasajtón a lépcsővel szemközti falon.

Jack mindvégig a terem vezetőjét tartotta szemmel, aki látszólag teljes nyugalommal, sőt némi groteszk kíváncsisággal figyelte a nyomozónő minden rezdülését. A rászegezett fegyver miatt nem is zavartatta magát.

Jessica megpróbálta kinyitni az ajtót, ám az zárva volt. Észrevette a kulcsot a zárban. Elfordította. Az ajtó hangtalanul feltárult, mögötte kihalt sikátor húzódott. Éppen olyan széles, hogy egy autóval kényelmesen be lehessen hajtani még úgy is, hogy jobbról és balról szemeteskonténerek sorakoztak végig a fal mentén.

Jessica behúzta az ajtót, kulcsra zárta, majd társa mellé sétált. Eleget láttak.

Jack megszólalt.

– Ki volt a társa?

Julie gúnyosan végigmérte, és flegmán odavetette:

– Na hiszen, maga is csak egy gyenge nőt lát bennem, igaz? Egyedül tettem.

Jack azonban nem hitt neki.

– Na persze!

Julie-nak fellángolt az arca, harcias fény gyúlt a tekintetében, és egy lépéssel közeledve a nyomozó felé ezt sziszegte:

– Maga ellen is bármikor kiállnék.

Jack kibiztosította fegyverét, és Julie vállát vette célba.

– Ezzel csak ront a helyzetén, hölgyem!

Jessica eközben odaugrott a nőhöz, megbilincselte hátul a kezét, és a lépcső felé irányította.

– Indulás!

MINDEN A HELYÉRE KERÜL

JULIE GREENE-T A KETTES kihallgatóba vitték. Mielőtt elindultak az edzőteremből, Jessica megkérte a recepcióst, hogy kerítsen a főnökének egy pulóvert. A gyanúsítottat persze hidegen hagyta, hogy éppen egy szál edzőtrikóban van, ám a nyomozók nem akarták, hogy később panaszt emeljen ellenük méltatlan bánásmód címszó alatt.

Azonnal bezárták az edzőtermet és telefonáltak a nyomrögzítőknek, illetve a technikusoknak, hogy szedjék szét a pincét, bizonyítékok után kutatva. Kézzel fogható eredményt akartak. Julie készséggel válaszolt a nyomozók kérdéseire. Egyszerűen nem volt értelme tagadni bármit is. Különben pedig tetszett neki, hogy lenyűgözheti azt a bárgyú tekintetű kétajtós szekrényt, aki a kihallgatás alatt állandóan a telefonján pötyögött valamit.

Julie lazán ült székén, hátát a támlának támasztotta, összebilincselt kezeit az ölében pihentette, tenyérrel felfelé.

A nyomozó továbbra sem volt hajlandó elfogadni, hogy az előtte ülő gyanúsított képes volt egyedül végrehajtani a gyilkosságokat.

– Többször nem szeretném megkérdezni, hogy ki volt a társa.

Julie gúnyosan elmosolyodott, és kihívóan a férfira nézett.

– Ember, már legalább egy éve rendszeresen kilencven kilóval guggolok. Akarja látni?

Jacknek végre leesett a tantusz.

– Úristen, maga erre... készült?

Julie csak felvonta egyik szemöldökét, majd elnézett a nyomozó válla fölött, és flegmán megvonta a vállát.

Jack folytatta a kérdezést.

– Akkor meséljen arról, hogyan kapta el az áldozatokat?

– Igazából házhoz jöttek a büntetésükért. Az a bunkó szakács arcátlanul viselkedett velem. Aztán azzal hősködött, hogy mekkora király a konyhában – Julie elmosolyodott. – Gyerekjáték volt becsábítani az öltözőmbe. Ott pedig esélye sem volt, miután beledöftem a bénító cuccot.

– De mégis, hogy az ördögbe főzte meg?

Julie elhúzta a száját.

– Na igen, az már trükkös dolog volt. Tudja, vannak éttermek, amelyek hatalmas rendeléseket is teljesítenek, különleges igényeket kiszolgálva. A szakács közreműködésével szereztem egy óriási bográcsot és gázpalackot is. Kinéztem a megfelelő helyet. Már csak egy furgont kellett bérelnem. Szegény, ha tudta volna, mire készülök...

– És arról honnan szerzett tudomást, hogy a baromfitelep vezetője miféle munkát végez?

– Neki is a nagyzolás volt a veszte. Gondolom, otthon beadta a családjának, hogy szüksége van a mozgásra – Julie felnevetett. – Még hogy edzeni járt a termembe! Ott akart csajozni – tette hozzá felháborodva. – Direkt csak olyan órákra járt, amelyeket női edző tartott. Én persze jóban voltam mindegyikükkel. Mindig elmesélték, éppen mivel fűzte az agyukat az a gusztustalan pojáca.

Arról a nyomozók már korábban tudomást szereztek, hogy a kiherélt állatorvos és a vízbe fojtott áldozat felesége is a Vasakaratba járt, és sokat beszélgettek az edzőnővel. Volt azonban még néhány tisztázandó kérdés.

– Hogy szerezte meg az áldozatok címét?

Julie gúnyosan elmosolyodott, és szúrós szemmel nézte vallatóját.

– Nyomozó úr, gondolkodjon már egy kicsit! Hiszen a bérleteseknek ott a gépben az összes adata.

Jessicának cseppet sem tetszett a vele szemben ülő nő pökhendisége. Semmi megbánást nem tanúsított, a tiszteletnek pedig a legcsekélyebb jelét sem mutatta.

– Mondja, miért vette le a vízbe fojtott áldozat cipőjét?

Julie felé fordította tekintetét, és higgadtan válaszolt.

– Én ugyan nem vettem le.

– Akkor mivel magyarázza, hogy az egyik lábán ott volt a cipő, a másikat pedig kipecázta egy horgász?

Julie sóhajtott egy nagyot.

– Ahh, akkor itt bukott el az egész...

A nyomozókra pillantott, és mesélni kezdett.

– Azt a fickót a két karjánál fogva vonszoltam a csónakhoz, ám közben lejött az egyik cipője. Miután beemeltem, és beügyeskedtem a zsákba az eszméletlen testet, gyorsan bedobtam mellé a cipőjét is. Nem vacakolhattam, bármikor magához térhetett volna.

Jessica fejezte be a rémtörténetet.

– Így aztán kapkodva bepakolta a zsákba a köveket, bekötötte a száját, majd beevezett, hogy végezzen az áldozattal. – Ültében előrébb hajolt, és kárörvendően elmosolyodott. – Azzal azonban nem számolt, hogy kiszakadhat a zsák, és így elszabadulhat az a fél pár cipő, igaz?

Julie nem volt hajlandó elismerni hibáját. Csendben várta a következő kérdést, amelyet Jack tett fel neki.

– Egyszerűen nem fér a fejembe, hogy nem találtunk egyetlen ujjlenyomatot, és egyetlen árva hajszálat sem sehol. Pedig magának aztán igazán dús haja van.

Julie szemtelenül a nyomozóra kacsintott.

– Kösz a bókot!

Észrevette, hogy megvillan a nyomozónő szeme.

– Nyugi, nem az esetem – közölte vele hűvös hangon, majd rögtön visszafordult Jack felé. – A kesztyűket láthatták az öltözőmben. Mindig viseltem. És hát nem túl szexi ugyan, de az úszósapka roppant praktikus találmány.

Ismét Jessica kérdezett.

– Az első két áldozatnál ott hagyta az iratokat, utána viszont eltüntette, hogy nehezebb legyen az azonosítás. Miért?

– Nos, az újdonsült pasim munkatársa mesélt a maguk kis látogatásáról a rendelőben, ezért óvatosabbnak kellett lennem.

– És a bénító szert honnan szerezte?

– Az egyik exemtől, akinek amúgy mindig is sötét kapcsolatai voltak. Még kedvezményt is kaptam tőle, mert a cucc átvételekor pofátlanul szexi szerelésben illegettem magam előtte. – Julie elhúzta a száját. – Tipikus pasi.

Újra Jack szólalt meg mély, szigorú hangon:

– Azzal, gondolom, tisztában van, hogy a bíróságon súlyosbító körülménynek számít majd, hogy különös kegyetlenséggel, előre megfontolt szándékkal követte el a gyilkosságokat. Megcsörrent a bilincs, ahogy Julie váratlanul kihúzta magát, és előredőlt. Kezeit összekulcsolta az asztalon, mint aki imádkozik. Azonban esze ágában sem volt bűnbocsánatért esdekelni.

– Nem bántam meg semmit. Hiszem, hogy szükséges volt, amit tettem. Hiszem, hogy sok ártatlan életet kíméltem meg a hosszú szenvedéstől. Éppen ezért soha nem voltak sem rossz álmaim, sem bűntudatom. Minden egyes áldozatom a tudatos cselekedetei alapján bűnhődött. A kegyetlenkedés az ő döntésük volt. És ezt visszakapták. Ki-ki érdem szerint. A nyomozóknak nem volt több kérdésük.

LELKI TUSA A BESZÉLŐN

NEM TEHETETT MÁST, megadta magát a tél. Véget értek a rövidre szabott, borongós nappalok. Véget ért a zimankós idő. Elhalkultak a süvöltő szelek. Elmúltak az utolsó reggeli fagyok is. Julie-nak látogatója érkezett. Rideg üvegfal választotta el tőle. De legalább tiszta volt. Az üveg is, és Julie szíve is. A rendőrségi beszélő helyisége hatalmas volt, több tucat fülkével, azonban a közelükben nem ült senki. Kettesben lehettek. Csak a falakra szerelt kamerák lencséi bámulták őket meredten. Illetve a néhány lépésnyire strázsáló börtönőrök, akik a rabokat kísérték beszélőre.

Julie a füléhez emelte a telefonkagylót. Másik kezével megérintette az üveget. Suzy ugyanígy tett.

– Na, ez már haladás! Nem kezdtél el rögtön bőgni – mosolygott Julie szeretetteljesen barátnőjére.

– Jaj, istenem, ha tudnád, most is milyen nehéz megállnom! – fakadt ki Suzy.

– Szedd össze magad, te dilis, és inkább mesélj a bátyádról.

– Továbbra is a munkájába menekül. Sajnálom, de még mindig elzárkózik attól, hogy rólad beszélgessünk, akkorát csalódott. De nemcsak benned, hanem magában is.

– Ezt hogy érted?

Suzy felsóhajtott.

– Elárulta, hogy annak idején valahogy érezte, hogy nem kellene randira hívnia téged. Egy belső hang hatására húzta-halasztotta a dolgot. Viszont totál odavolt a szépségedtől. És hát...

Suzy elhallgatott, és lehajtotta a fejét. Julie megkocogtatta az üveget, és amikor barátnője végre ránézett, tovább noszogatta.

– Igen? Na, ki vele!

– Igazából én biztattam őt, hogy merjen végre kezdeményezni. Hiszen ő is tetszett neked.

– Igen, ez igaz.

Egy ideig egyikük sem szólalt meg. Végül Suzy szokás szerint ismét kifakadt.

– Julie, én ezt nem bírom tovább! Fel fogom adni magam a rendőrségen.

Julie tenyérrel az üvegre csapott.

– Hé! Eszedbe ne jusson! Ezt már megbeszéltük. Will nem bírná ki, ha a húgát is elveszítené.

Suzy megtörten, lehajtott fejjel ült. Egy kövér könnycsepp a combjára hullt.

– Figyelj! – folytatta lágyabb hangon Julie. – Ha rajtad múlt volna, azok a tagok még mindig élnének. Bevallom, eleinte kétségeim voltak veled kapcsolatban. Abban persze hasznos segítség voltál, hogy elszállítsuk őket, de őszintén szólva, te amúgy hozzájuk sem nyúltál. Szóval te nem járultál hozzá a halálukhoz. Sőt, az utolsó gyilkosságba már be sem vontalak.

Suzy szipogva felemelte a fejét. Ismét képes volt Julie szemébe nézni.

– Hidd el, megvetettem őket, amiért annyi fájdalmat okoztak szerencsétlen, védtelen állatoknak. De amikor mi okoztunk nekik szenvedést... én... megszántam őket.

Julie megvonta a vállát.

– Én viszont egy cseppnyi könyörületet sem éreztem azokkal a férgekkel szemben.

Ismét hallgattak. A súlyos szavak után Julie törte meg a csendet.

– Idefigyelj, Suzy! Légyszíves többet ne hozakodj elő ezzel a marhasággal, hogy fel akarod adni magad. Willnek szüksége van a közelségedre és a támogatásodra. Kérlek!

Suzy sóhajtott egy nagyot, de végül beleegyezően bólintott. Aztán eszébe jutott valami.

– Ahogy jöttem, egy pillanatra láttam a szemem sarkából azt a nyomozónőt. Atyavilág, jól meghízott.

Julie hangos kacagásban tört ki. Alig bírta abbahagyni. Még a könnye is kicsordult.

– Mi olyan vicces? – értetlenkedett Suzy. – Csak fel akartalak vidítani, hogy mennyire elengedte magát, aki elkapott.

– Jaj, te kis dilis! Te tényleg csak a szemed sarkából láthattad. Nem el van hízva, hanem terhes – magyarázta Julie, miközben a szemét törölgette.

– Az igen! – álmélkodott Suzy. – És vajon ki az a szerencsés, akinek elkapta a tökét?

– Haha, egymásra találtak a társával. Hát nem romantikus? – jegyezte meg Julie cinikusan.

– Julie! Tényleg nem rossz itt neked? – kérdezte Suzy aggódó tekintettel.

– Tényleg nem rossz. Képzeld, edzéseket tartok a többieknek. Nem is hinnéd, milyen jól felszerelt konditerem van ebben a kócerájban. Egyébként pedig rengeteget beszélek az állatvédelemről is. Egyre többen érdeklődnek a téma iránt. És még az is lehet, hogy megreformálom a konyhát – kacsintott barátnőjére Julie.

Suzy elnevette magát.

– Elképzelem, hogy cikket írok az első olyan börtönről, ahol csakis növényi alapú kosztot kapnak a rabok, de még a dolgozók is.

– Még az is megtörténhet.

Kis idő múlva elbúcsúztak egymástól. Rettentően sajnálták, hogy nem ölelhetik meg egymást.

Suzy kisétált a parkolóba, megkereste az autót, amellyel jött, és beszállt az anyósülésre. Becsapta az ajtót, és halkan megkérdezte.

– Még mindig képtelen vagy bejönni, ugye?

Will bánatosan bólintott.

Egy darabig egyikük sem szólalt meg, végül Will feltette a szokásos kérdést:

– És, hogy van?

– Jól. Tényleg jól.

És Suzy elmesélte bátyjának, hogy Julie odabent mi mindennel foglalkozik. Will közben csendesen, kifejezéstelen arccal nézett maga elé, végül könnybe lábadt szemmel megszólalt:

– Azt hittem, vele fogom leélni az életemet.

Suzy megfogta a kezét, és megszorította.

– Tudom.

Will megtörölte a szemét, sóhajtott egy nagyot, végül beindította az autót.

– Köszönöm! Olyan jó, hogy vagy nekem! Nem bírnám ki nélküled.

– Ezt is tudom.

Will a börtön épülete felé nézett.

– Talán... talán egyszer bemegyek veled.

Kihajtott a parkolóból, és még ennyit mondott.

– Most pedig irány haza! Caesar és Tornádó már biztosan várja a vacsoráját.

VÉGE

KULISSZATITKOK
A KÖNYV SZÜLETÉSÉRŐL

2017 NYARA. Állok a konyhában, és éppen Judit barátnőm videóüzenetét nézem. Szegény felzaklatva, könnybe lábadt szemmel meséli, hogy a munkahelyén (akkor még egy hotelben volt manager) valami megbeszélni valója akadt a szakáccsal, aki éppen homárt főzött. A szakember készségesen elmagyarázta neki, hogy előbb le kell csapni az állatok lábát, majd élve a zubogó vízbe hajítani őket. Mint valami dögöt. Csakhogy sajnos azok még éltek. És sikítottak.

Így indult.

Küldtem Juditnak egy válaszüzenetet, amelyben nem túl kedves szavak kíséretében ecseteltem, mit is csinálnék a szakáccsal. Ez adta az alapötletet.

A későbbiekben a What's up-on arról folyt eszmecserénk, mennyi gonoszságot követnek el az emberek szegény, védtelen állatokkal szemben. Ezeket a gondolatokat kigyűjtöttem egy dokumentumba a Drive-on, és megosztottam Judittal úgy, hogy ő is tudjon benne szerkeszteni. Elkezdődött az ötletelés, ami tulajdonképpen a könyv vázát adta. Könnyű dolgom volt, mert a barátnőm csak úgy ontotta a témákat, nekem csak ki kellett fejtenem őket, és egy kerek egész regénybe rendezni.

Néhány fejezet vázlatosan el is készült, amikor kaptam az élettől egy lehetőséget. Én segíthettem könyvbe foglalni Csorba Dávid, a Duchenne-szindrómás fiú történetét.

Ezzel párhuzamosan egy kézirat gépelését és szerkesztését is vállaltam. Így hát telt-múlt az idő, ennek a történetnek a kibontakozása pedig szépen várt a sorára.

2018 őszén felvettem a fonalat, és ismét belemélyedtem a témába. Kutatómunkám eredménye többek között az lett, hogy egyik napról a másikra áttértem a növényi alapú táplálkozásra. Elsősorban etikai indíttatásból, másodsorban pedig az egészségem megőrzése érdekében. Így aztán egy-egy szereplő mondatát úgy adtam a szájába, hogy gyakorlott növényi étrenden lévő karakter voltam jómagam is.

Sikerült annyira elmélyednem a készülő könyvben, hogy szinte ezzel keltem, ezzel feküdtem. Gyakran az álom-ébrenlét határán ugrott be egy-egy ötlet, sugallat.

Ismét telt-múlt az idő. Az életemben többek között egy munkahelyváltás, egy költözködés, valamint egy OKJ-s tanfolyam elvégzése is szerepelt. A könyvírás pedig ismét szünetelt. Ennek a történetnek azonban meg kellett születnie.

Újra belevetettem magam az írásba. Közben pedig időpontot foglaltam Nádasi Kriszhez, hogy lektorálja a kéziratomat. Volt tehát egy határidő, ami igencsak motivált. Felbecsülhetetlen értékű volt a szakmai segítség, amelyet kaptam. Viszont rendesen át kellett dolgoznom a kézirat első változatát. Mondhatni, egy másik könyv született meg.

Hiszem, hogy minden a megfelelő időben történik. Nem véletlenül húzódott el a dolog. Így tettem szert ugyanis arra a tudásra és tapasztalatra, és így kaptam olyan segítséget, amelyek által a lehető legjobbat tudtam beletenni ebbe a könyvbe. Bízom benne, hogy ezt Te is így érzed majd.

Judittal az első perctől egyetértettünk abban, hogy mindkettőnk neve szerepel majd a könyvben, mert ez a mi közös könyvünk. Ebben Neki is sok munkája, és szíve-lelke benne van. Fogadd tőlünk szeretettel, mert szeretettel készült! ♥

HÁLASOROK

KÖSZÖNÖM A SZAKMAI segítséget az állatorvosunknak, dr. Kreisz Ágnesnek. Köszönöm továbbá azt is, hogy általa csodás gyógyulásban részesülhettek a szőrmókjaim.

Köszönöm, kedves Rendőr Kandúr, a nyomozói részek megírásával kapcsolatos tanácsokon túl azt is, hogy rólad formázhattam meg Jacket. Bizony, a régi csevegéseinkből elloptam egy-egy vicces elszólásodat.

Köszönöm az igazi nyomozó úr, dr. Váczi István segítségét is, aki nemcsak a szakmai részek megírásában, hanem a magán könyvkiadás csínjainak-bínjainak elsajátításában és gyakorlatba ültetésében is támogatott.

Hálás köszönetem kiváló lektoromnak, Nádasi Krisznek. Oké, sablonos leszek, de nélküle ez a könyv nem jöhetett volna létre. Az első verzióra kapott javaslatok, szakmai tanácsok alapján készült el ugyanis a kéziratnak ezen változata.

Következzenek a próbaolvasók! Hatalmas köszönet illet mindannyiótokat, nevezetesen: Ancsi, Carlotta, Edó, Enikő (a húgom!), Jani, Kati és Tibi. A sértődések elkerülése érdekében alkalmaztam a betűrendet. Hálás köszönetem, amiért vállaltátok, hogy átrágjátok magatokat a közel sem végleges változaton. Hatalmas segítség volt minden észrevételetek (pl. logikai bakik, vagy szakács helyett csakács...).

Judit, drága Judit, ötletgazdám és társszerzőm! ♥ Szerinted szavakba tudom önteni mindazt, amit érzek? Négy éve kezdődött. És megcsináltuk! Közbejött ugyan ez-az, de elkészült végre a mi közös könyvünk, aminek ugye már a folytatásán agyalunk. Vagy ezt még ne áruljam el? ☺

NÉHÁNY GONDOLAT RÓLAM

OSZLÁNSZKY RITA VAGYOK, '82-es születésű, Ikrek csillagjegyű. A betűk világa mindig is az életem része volt. Gyerekkoromtól kezdve imádtam olvasni. Bárhová mentem, mindig volt nálam könyv. Ez a mai napig így van. Írásszeretetem már iskolás koromban felszínre bukkant. Rendszeresen jártam helyesírási és irodalmi versenyekre. Később, a középiskolában verseket fabrikáltam, naplót vezettem; a húszas éveimben pedig belevágtam a blogírásba.

http://ritablogolniszeretne.blogspot.com/
Facebook írói oldalam:
https://www.facebook.com/oszlanszky.rita

Nem sokkal harmincéves korom után ismerkedtem meg a spiritualitással. A rendszeres és egyre tudatosabb önfejlesztésnek hála teljesen megváltozott az életem. Ezt tovább fokozta, hogy 2018 szeptemberében áttértem a teljes értékű növényi étrendre. Életem legjobb döntése volt. Csodálatos tapasztalatokra tettem szert új életmódomnak köszönhetően. Élményeimről, receptjeimről, és a témához kapcsolódó egyéb gondolatokról az alábbi oldalakon olvashatsz bővebben:

https://mindenamivegan.blogspot.com/
http://merlegnelkul.blogspot.com/

Tisztán érzem, hogy szívügyem, küldetésem a vegánság témáját körüljáró írásaimat megosztani minél több emberrel. Célom, hogy segítsek nekik megtalálni azt az utat, amelyre rálépve ők is eljuthatnak legteljesebb, legboldogabb önvalójukhoz. Továbbá szeretnék minél több állatot megmenteni a növényi étrend előnyeinek terjesztésével, nem utolsósorban pedig hozzájárulni ahhoz, hogy minél többen és minél nagyobb mértékben csökkentsük ökológiai lábnyomunkat.

Elindítottam Instagram és YouTube csatornáimat is, mindkettőt Vegán Haspók néven.

https://www.instagram.com/veganhaspok/
https://www.youtube.com/channel/UCfGsMNSZk9dynP9lICRia5A

Folyamatosan képzem magam. Igyekszem az írástechnika fogásait a magamévá tenni, hogy szívemből jövő alkotásaim egyre jobbak legyenek. Ugyanakkor azt is meg kell tanulnom, hogyan tudok úgy kommunikálni, hogy szavaim, érzéseim, gondolataim el is jussanak lehetőleg minél több emberhez azért, hogy adhassak magamból valamit.

Ezért írok én.

Értékelje
ezt a könyvet
honlapunkon!

www.novumpublishing.hu

A szerző

A szerző 1982-ben, Ikrek csillagjegyben született. A betűk világa mindig is az élete része volt. Gyerekkorától kezdve imádott olvasni. Bárhová ment, mindig volt nála könyv. Ez a mai napig így van. Az írás szeretete már iskolás korában felszínre bukkant. Rendszeresen járt helyesírási és irodalmi versenyekre. Később, a középiskolában verseket fabrikált, naplót vezetett, a húszas éveiben pedig belevágott a blogírásba. Nagy álma volt, hogy könyveket is írjon. Nem sokkal harmincéves kora után ismerkedett meg a spiritualitással. A rendszeres és egyre tudatosabb önfejlesztésnek hála teljesen megváltozott az élete. Ezt tovább fokozta, hogy 2018 szeptemberében áttért a teljes értékű növényi étrendre. Folyamatosan képezi magát.